Ralf und Carmen Neubohn

Weihnachtszauber im magisch-chaotischen

Hofcafé der Hexe

# Ralf und Carmen Neubohn

# Weihnachtszauber im magisch-chaotischen

# Hofcafé der Hexe

Bibliografische Information der Deutschen Nationalbibliothek
Die Deutsche Nationalbibliothek verzeichnet diese Publikation
in der Deutschen Nationalbibliografie;
detaillierte bibliografische Daten sind im Internet
über www.dnb.de abrufbar.

Herstellung und Verlag: BoD – Books on Demand, Norderstedt

ISBN: 978-3-7568-4115-8

Dieses Buch ist allen Bewohnern des turbulenten, aber liebenswerten Alpaka-Lamahofes gewidmet.

Wir denken viel an Euch!

# Inhalt

**Vorwort**

Liebe Leser/innen,

viele von Ihnen haben uns sehr interessante Fragen gestellt. Welche Speisen gibt es in Kleckselinchens Hofcafé? Wie kommt die äußerst schusslige Hexe im Café zurecht? Gibt es dort ihr übliches Chaos? Was für Attraktionen sorgen für großen Kundenandrang? Welche Rollen spielen dabei der genäschige Panda, das unsterbliche Alpaka und der ängstliche Drache? Hat das Café jemals einen Gourmetpreis gewonnen? Wenn ja: Wie kam das zustande? Korruption? Ist das Essen dort wirklich bekömmlich? Woher stammt es? Können schüchterne Feen gut kochen? Reicht das Geschirr bei Kleckselinchens Ungeschicklichkeit überhaupt aus? Wie wird verhindert, dass sie zu viele Teller zerbricht? Welche Vorbereitungen trifft die junge Hexe für Weihnachten? Wird es dieses Mal schöne Feiertage geben oder wieder so viele Probleme wie damals, als der Weihnachtsmann in Kur musste? Werden dieses Mal wieder große Weihnachtsgeheimnisse gelüftet? Etwa: Was hat der Osterhase mit Weihnachten zu tun? Welche Art von Weihnachtsdekoration gefällt dem Weihnachtsmann am besten? Lässt sich der Weihnachtsmann durch raffinierte Tricks mehr Geschenke herauslocken? Mag er selber Weihnachtsbücher? Erhalten auch kleine Drachen Weihnachtsgeschenke? Viele spannende Fragen. Wird es darauf Antworten geben? Entdecken Sie es selbst!

Viel Spaß!

# Ralf Neubohn:

## Kochvorbereitungen

Auf dem magischen Alpaka- und Lamahof gab es auch ein äußerst zauberhaftes Hofcafé. Geleitet wurde dieses von der sehr schussligen, jungen Hexe Kleckselinchen.

Als Aushilfen traten manchmal der greise Zauberer Sir Ralphus oder eine sehr schüchterne Fee in Erscheinung.

Da diese beiden aber auf dem Hof meistens andere Arbeiten verrichteten, musste die arme Hexe häufig alleine zurechtkommen.

Eines Abends bereitete sie für die zahlreichen Hofbesucher das Essen vor, als ihr es durch den Kopf ging: *„Zum Glück bestand unsere Lehrerin in der Hexenschule darauf, dass wir kochen lernten. Sonst wäre ich jetzt aufgeschmissen. Aber wieso wollte die Lehrerin wohl, dass wir abends immer Essen mit viel Knoblauch zubereiten?“* Der Vampir, der sich leise hinter ihr anschlich, hätte Kleckselinchen die Antwort geben können, doch zog er es vor, wegen des Knoblauchs schreiend zu fliehen.

Merke: Auf einsamen Landhöfen kann Knoblauch lebensrettend sein!

## Stammkundin

Am Stammtisch des Hofcafés saß fast immer die Autorin eines bekannten Diätkochbuches, welche fast ausschließlich von kalorienreichen, besonders cremigen Kuchen lebte. Berta Babbelbergles Name passte perfekt zu ihr. Sie schaufelte pausenlos wahre Kuchenberge in sich hinein und babbelte gleichzeitig pausenlos. Ein echter Babbelberg also. Sie und der kleine Drache Qualmchen lebten förmlich für besonders süße Kuchen, was gelegentlich zu Reibereien führte. Denn beide hielten sich an das Motto: „Der allerbeste Kuchen ist für mich allein!" Kleckeslinchen atmete immer erleichtert auf, wenn die beiden nicht gleichzeitig im Hofcafé auf Kuchenbeute lauerten.

Eines Tages bestellte sich Berta wieder mal einen Kuchen nach dem anderen. Da außer ihr noch einige andere Besucher ebenfalls Kuchen aßen, meinte sie mitfühlend zu Kleckselinchen: „Sicherlich müssen Sie Arme nachher sehr lange die vielen Kuchenteller abspülen."

Nur mit großer Anstrengung gelang es der Hexe nicht herauszuplatzen: „Aber nein! Ich habe seit vielen Jahren keine Kuchenteller mehr abgespült. Unsere Hoftiere lecken diese voller Begeisterung ab."

## Das Rezept

Bewundernd aß die Fee im Hofcafé den Apfelkuchen von Kleckselinchen. „Wie bekommst Du den nur so gut hin? Ich schaffe das nie! Zauberst Du?"

Kleckselinchen die an zahlreiche kleine Zauberpannen im Café dachte, erwiderte etwas von oben herab zu ihrer Schwester: „Natürlich zaubere ich beim Essenkochen nie. Für die Gäste unseres Hofcafés koche ich alles frisch. Weswegen sich der Panda auch oft zum Naschen in die Küche schleicht. Vom kleinen Drachen ganz zu schweigen!"

„Ja, stimmt. Ich habe auch schon oft Pandahaare am Kuchen entdeckt. Außerdem abgeschleckte Sahnestellen. Aber zurück zum Kuchen, wie kamst Du auf das leckere Rezept?"

Geschmeichelt erklärte die Hexe: „Na ja. Zuerst habe ich es einfach so probiert, doch es schmeckte scheußlich. Da mein Kochbuch verlorenging, nahm ich alle Rezepte fürs Hofcafé aus meinem Hexenbuch und aus einem Fachwerk über Giftkunde." Seltsamerweise rannte die Fee würgend hinaus. Merkwürdig, der Kuchen schmeckte ihr doch? Beim Rausrennen sah sie leider nicht den ironischen Blick ihrer Schwester, die gerne andere foppte: „Hi, hi! Die glaubt auch alles!"

## Die Meisterschülerin

Obwohl die Fee sich ihrer weniger aufregenden Kochkünste bewusst war, versuchte sie dennoch besser als Kleckselinchen zu werden. Der Feekochtopf ruhte nie und pausenlos suchte sie ahnungslose Opfer für ihre verfehlten Kochversuche. Vielleicht hätte ein Kochbuch was gebracht, aber wie Kleckselinchen hatte sie auch ihres verloren.

Nachdem ihre jeweiligen Gäste meistens mit schweren Bauchschmerzen oder Durchfall heimgingen, gelang es ihr immer seltener neue Opfer für ihre „Kochkünste" zu finden.

Ihr selbst schwebte es nebelhaft vor, dass es noch einiges zu lernen gab. Aber die Fee bildete sich leider ein, immer besser zu werden. Bis es ihr gelang, wieder einmal Sir Ralphus einzuladen, indem sie ihm von ihren großen Fortschritten vorschwärmte. Skeptisch probierte Sir Ralphus die Knödel, nuschelte anschließend etwas völlig Unverständliches. „Hä?", erkundigte sich die Fee. Dann erblickte sie erbleichend Sir Ralphus Gebiss, welches am sehr pappigen Knödel stecken blieb. Die Fee entschloss sich daher seltsamerweise, Sir Ralphus lieber nicht zu fragen, was er von ihren Kochfortschritten hielt.

## Menükarte

Eines Tages wunderte sich Kleckselinchen sehr. An allen Tischen des Hofcafés saßen Alpakas und Lamas. Das gab es noch nie! Seit wann mochten die denn Schnitzel oder Kuchen? Sehr seltsam. Alle blickten die arme Hexe erwartungsvoll an. Was wollten die bloß von ihr? Flink huschte die Hexe von einem Tier zum anderen und notierte die Bestellungen: Haferkuchen, Getreidekekse und Ähnliches.

Schließlich rief unsere liebste Köchin empört: „Euch sticht wohl der Hafer? Wir haben hier keinen Haferkuchen! Ihr geht mir auf den Getreide-Keks! Welchen es übrigens auch nicht gibt!"

Alpakalinle fragte streng: „Aber warum steht es dann draußen auf der Tageskarte?"

Erstaunt huschte die Hexe hinaus. Tatsächlich! Auf die Tafel mit dem Tagesmenü hatte jemand diese Gerichte mit Kreide dazugeschrieben. Jemand, der sich sehr schlau vorkam, aber es nicht war. Denn an der Kreide klebten noch einige Pandahaare! Dieser Schlingel erlebte am Abend zu seiner Überraschung, dass erboste Hexen nicht zu den verständnisvollen Lebewesen gehörten. Der arme Panda!

## Stress

Im Hofcafé war an manchen Tagen sehr viel los. Besonders, wenn ein Reisebus mit Besuchern ankam oder in den Schulferien.

Kleckselinchen verspürte wie einige von uns den Wunsch: „Wenn ich doch vier Hände hätte." Da sie im Gegensatz zu uns zaubern konnte, hexte sie sich sogar acht zusätzliche Hände. „Mit zehn Händen werde ich die Arbeit locker schaffen", triumphierte sie zu früh. Denn jeder von uns kennt den Spruch: „Der hat zwei linke Hände", was für große Ungeschicklichkeit sprach. Aber die ohnehin schon sehr schusslige Hexe besaß nun sogar fünf linke Hände! Oh, Graus! Dementsprechend misslang ihr das Essen so, dass zum ersten Mal in der Geschichte des Hofcafés sämtliche Gäste revoltierten! Es gab einen wahren Aufstand der Gaumengeschädigten! Kleckselinchen hexte sich seufzend die überzähligen Hände wieder weg und arbeitete wie schon früher bildlich gesprochen nur mit zwei linken Händen! Das arme Mädchen!

## Die Aushilfe

Wie schon erwähnt, häufte sich an manchen Tagen die Arbeit so, dass die arme Hexe mit der Arbeit nicht im Geringsten nachkam. Deswegen gab sie eine Annonce in der Zeitung auf. Voller Vorfreude wartete Kleckselinchen auf die Bewerbungsflut. Würde der Postbote unter den Massen von Antworten zusammenbrechen? Oder mussten die Antwortberge per Lastwagen zu ihr gebracht werden? Leider nein. Es kam nur ein Brief. Ein sehr angekokelter Brief, nicht mehr lesbar. Doch das machte nichts. Kleckselinchen sah am Zustand des Briefes sofort, dass er vom sehr kleinen Drachen Qualmchen stammte. Als sie ihn mal wieder auf dem Hof sah, fragte die Hexe: „Wie willst Du mir helfen? Du bist doch sehr klein! Kannst Du überhaupt Fremdsprachen? Die Hofbesucher kommen nämlich aus aller Welt!" Qualmchen spuckte ausdrucksvoll Feuer. „Ja, das ist wirklich eine internationale Sprache. Ich glaube, Du kannst im Hofcafé doch sehr gut arbeiten. Als Rausschmeißer wenn Feierabend ist und als sehr zarte Andeutung der Konsequenzen, wenn jemand nicht zahlen will." Ein Café mit Hexe und Drache, welch ein Duo!

## Idee

Trotz der erstklassigen Speisen begann mit der Zeit der Umsatz des Hofcafés nachzulassen. Es lag einfach daran, dass sich die Menschen immer sehr schnell an etwas Gutes gewöhnten und es dann gar nicht mehr richtig zu würdigen wussten.

Der armen Hexe konnte also niemand die Schuld am sinkenden Umsatz geben. Doch wie das Café wieder in Schwung bringen? Was würde die Besucher in Massen zurückbringen? Da kam eines Tages ihrer Schwester die rettende Idee! Kleckselinchen hörte sich diese erst stirnrunzelnd, dann strahlend an! Wenn Gäste flambiertes Essen bestellten, löschte Kleckselinchen die meisten Lampen im Café. Anschließend erschien der kleine Drache Qualmchen und flambierte vor den Augen aller Gäste das betreffende Essen mit einem kräftigen Feuerstrahl!

Gelegentlich passierten „kleine" Pannen, aber das steigerte die Spannung der Gäste noch. Die flambierten Essen erreichten „Kultstatus", jeder wollte mal dabei sein. Vielleicht erlebten Sie auch schon mal dieses Gourmet-Ereignis? Wenn nicht: Es lohnt sich!

## Frischfisch

Immer freitags gab es fangfrischen Fisch aus dem See. Zum Angeln zogen stets Sir Ralphus und die Fee los. Je nach Tageslaune der Fische landeten viele Fische später auf dem Tisch des Hauses oder fast nichts.

Sir Ralphus wunderte sich oft darüber: „Wie ist das nur möglich?", murmelte der alte Zauberer vor sich hin. „Im See schwimmen doch jede Woche ungefähr gleichviel Fische, dann muss die Fangquote doch auch ungefähr dieselbe sein!"

Auch die Fee konnte sich das nicht erklären. Höchst seltsam.

Als eines Freitags wieder so gut wie keine Fische anbissen, startete die Fee auf ihrem Einhorn einen Rundflug über dem See! Jetzt wollte sie endlich das Geheimnis klären! Völlig verblüfft kehrte sie vom Rundflug zu Sir Ralphus zurück. „Nicht zu fassen! Kein Wunder fangen wir an manchen Tagen nichts", erklärte sie. „Die Fische machen am tiefen Seegrund gelegentlich Schachturniere mit den Nixen!"

Wieder ein Geheimnis geklärt! Nämlich warum Fisch gut für die Gehirnzellen ist! Wer Schach mit Nixen spielt, muss ja geistig sehr fit sein und gibt das später weiter.

## Apfelkuchen

Kleckselinchen bereitete den Kuchen mit dem biologisch angebauten Obst aus dem Hofgarten zu. Der Panda kletterte auf die Bäume und warf ihr das reife Obst herunter, sofern er es nicht selber schnell verspeiste. Als der Panda einmal in den Urlaub reiste, musste ihn der kleine Drache vertreten. Großspurig meinte dieser: „Ich bin der beste Gärtner aller Zeiten! Hier noch ein Apfel Kleckselinchen!"

Es ging eine Weile gut. Die Gäste des Cafés hatten keinen Grund sich zu beschweren. Doch eines Tages bestellte Sir Ralphus Apfelkuchen, bekam aber stattdessen Bratäpfel. „Wieso gibt es heute Bratäpfel statt Apfelkuchen?", wollte er wissen.

„Tja", antwortete die Hexe verlegen. „Wir hatten schon alle Äpfel für heute gepflückt, als der Drache plötzlich feuerspeiend niesen musste. So gibt es die Äpfel heute eben leider als Bratäpfel und nicht als Kuchen."

Sir Ralphus nickte seufzend, bevor er sprach: „Bin ich froh, dass nicht ich statt der Äpfel flambiert wurde. Ich befürchte, in nächster Zeit gibt es oft flambierte Äpfel, Birnen, Vögel, Eichhörnchen, Kastanien, Marder usw. Oh, je!"

## Die erstaunliche Lösung

Als Kleckselinchen eines Morgens das Café öffnete, saßen das Alpaka Alpakalinle und das Lama Larrylinchen auf der Treppe. „Was macht Ihr denn hier?", erkundigte sich die Hexe gedankenvoll.

„Wir machen einen Sitzstreik", erwiderte Larrylinchen. „Da der Panda und der Drache in Deinem Café aushelfen, kommen die beiden in dem neuen Buch der Lama-Alpaka Reihe viel mehr vor, als wir selber. Das geht doch nicht!"

Kleckselinchen sah das völlig ein. Aber wie die beiden im Hofcafé beschäftigen? Servieren oder kochen konnten sie nicht. Da fiel ihr die Lösung ein! Jeden Abend gab es nun ein Kulturevent im Café. Die beiden Tiere boten nach der Essenszeit vierfüßigen Stepptanz, vierfüßigen Schuhplattler und andres mehr. Die Besucher tobten vor Begeisterung, vor allem bei den besonders graziösen Flamenco und Tango Vorführungen. Die beiden hießen bald nur noch die „Tollen Tango Tiere".

## Süß

Qualmchen redete aufgeregt vor sich hin: „Diese Autorin Carmen Neubohn hat vollkommen richtig erkannt, dass ich in den Büchern über den Hof die Hauptperson sein muss."

„Warum gerade Du?", wollte Alpakalinle wissen.

„Weil ich ein besonders süßer Zuckerdrache bin! Die Leser lieben süße Sachen wie mich!"

Alpakalinle meinte nachdenklich: „Hier in der Hofküche liegen oft Zitronen, die sind so süß wie Du!"

„Was? Die sind doch furchtbar bitter!"

„Stimmt, genauso wie manche Abenteuer mit Dir!", erwiderte Alpakalinle gelassen.

„Niemand mag bittere Sachen!", entrüstete sich der Drache.

„Eben, deswegen solltest Du in den Büchern nicht die Hauptperson sein. Da die Leser wirklich süße Sachen lieben, müssen die Bücher hauptsächlich von Alpakas handeln. Ist doch logisch, was gibt es denn hier noch Süßeres? Das musste einmal ganz neutral festgestellt werden!"

„Und was ist mit uns?", fragten die übrigen Hofbewohner, vermutlich ebenfalls völlig neutral. Tja...

## Harmloser Reparaturzauber

Da Kleckselinchen zu den besonders schussligen Hexen gehörte, fiel ihr im Café immer wieder Geschirr herunter. Mit der Zeit summierten sich die Ausgaben für ständig neues Geschirr sehr.

Als ihr wieder einmal eine volle Kaffeetasse herunterfiel, meinte ihre Schwester: „Mach doch einen Reparaturzauber!"

„Stimmt", antwortete Kleckselinchen. Mitten im voll besetzten Café zauberte sie: „Sei alles wie vorher!" Es klappte tatsächlich. Die Tasse stand wie neu vor ihr. Allerdings gab es wie so oft bei ihrem Zauber unliebsame Nebenwirkungen. Nicht nur die Tasse stand da wie einst, sondern auch das Essen verwandelte sich in seinen Ursprungszustand zurück. Statt des Schnitzels lagen grunzende Schweine auf den Tellern, die Haifischflossensuppe verwandelte sich in einen echten Hai und oh, Graus: Der zarte Lammbraten entpuppte sich als Katze! Peinlich, peinlich! Doch es kam noch schlimmer. Auch die Gäste wurden wieder jünger. Viel jünger. Mitten im Durcheinander von miauenden Katzen, grunzenden Schweinen plärrten nun sehr kleine Kinder. Welch ein Chaos! Typisch Kleckselinchen! Nach vielen Versuchen gelang es ihr, ihren Zauber zu „stornieren". Allerdings kehrten die nun wieder gealterten Gäste nie wieder ins Café zurück. Warum bloß? Wie kleinlich!

## Der Wettbewerb

Kleckselinchen nahm zusammen mit ihrer Schwester der Fee an dem Wettbewerb: „Das ökologischste Bio Café" teil. Das Gewinner-Café erhielt nicht nur einen großen Geldpreis, sondern sehr viel Gratiswerbung. Ein großer Anreiz zur Teilnahme. Da hunderte Cafés aus ganz Deutschland teilnahmen, standen die Chancen auf einen Sieg schlecht. Doch die beiden starteten voller Energie in den harten Wettbewerb. Ein Café-Tester erschien zur Punkteverteilung. Als Erstes ging es um das Energiesparen. „Wie wird Ihr Backofen geheizt?", lautete seine erste Frage. Kleckselinchen klappte die Ofentür auf. Dort saß Qualmchen und wärmte mit Feuerstrahlen einen Schmorbraten. Dem Tester standen vor Schreck die Haare zu Berge, fast wie angeschmort. Nun ging es um das ökologische Pflücken von Obst. Die Fee zeigte dem verwirrten Herren, wie der Panda das Obst pflückte und das fliegende Einhorn das Obst von den dünnsten Ästen holte. Selbst die Haare auf der Zunge standen dem Tester nun zu Berge. Der ökologische Transport der Früchte mit dem pausenlos redenden Alpaka gab ihm den Rest. Er verlieh dem Hofcafé die zum Sieg reichende Punktzahl und ging sichtlich gealtert in den Vorruhestand. Nie wieder betrat der arme Mann ein Café, denn wer wusste schon, welche Schrecken dort womöglich lauerten?

## Noch ein Wettbewerb

Vom Erfolg beflügelt, nahm Kleckselinchen auch am Wettbewerb: „Das beste Café" teil. Dabei griff sie vielleicht doch ein bisschen hoch, oder? Das Jurymitglied des Preiskomitees erschien abends, um flambiertes Eis zu essen. Die besondere Delikatesse Kleckselinchens. Voller Eifer nahte sie mit dem Eisbecher, als sie plötzlich über den Panda stolperte. Der Eisbecher flog dem Tester ins Gesicht. Verlegen putzte Kleckselinchen ihn mit einem sehr schmutzigen Küchentuch ab. Dunkle Wolken standen auf dem Gesicht des leidgeprüften Herren. Beim 2. Anlauf klappte es etwas besser. Die Hexe stellte den Eisbecher wenigstens auf den Tisch. Allerdings kam dann der Panda, um ihn abzulecken. Verärgert nahm Kleckselinchen den Panda mit in die Küche und startete den 3. Versuch. Der Tester starrte äußerst verärgert, als Kleckselinchen den Eisbecher vor ihn hinstellte. Danach erlosch wie immer das Licht, um den Feuerstrahl des Drachens deutlicher zu zeigen, welcher stets im Café das Eis vor den Augen aller Gäste flambierte. Leider dieses Mal nicht nur ausschließlich den Eisbecher des Testers, sondern auch gleich den ganzen Tisch dazu. Daraufhin erklärte der Tester: „Sie haben nicht das beste Café, aber das mit Abstand chaotischste." Nun ja, lieber eine solche Auszeichnung als gar keine.

## Das Buch

„Wie die Zeit vergeht", seufzte Kleckselinchen. „Sie rast förmlich dahin."

„Stimmt", bestätigte ihre Schwester Ninvy. „Ich habe gerade die Bücher mit unseren Abenteuern nachgelesen! Was wir beide schon alles erlebt haben! Ach, so vieles hatte ich schon vergessen! Z.B. die Sache mit dem Drachenschatz aus dem Buch: >Magische Reisen mit schüchterner Fee und schussliger Hexe<. Was war es doch damals für eine große Aufregung, als Qualmchen sich eine Drachenhöhle suchte."

„Ja, da hast Du Recht", bestätigte Kleckselinchen. „Aus unseren Abenteuern damals entstand ein wirklich spannendes Buch. Ich lese es immer wieder. Aber der Buchtitel! Vollkommen falsch! Ich bin überhaupt nicht schusslig! Wie kommt Ralf Neubohn bloß auf so eine ausgefallene Idee?" Dabei rutschte die Hexe über eine Teigrolle aus und flog kopfüber in den kalten Backofen.

Ihre Schwester Ninvy überlegte für sich: „Nun, mit der schussligen Hexe hatte Ralf Neubohn völlig recht, aber ich bin nicht schüchtern. Das stimmt nicht." Errötend knetete sie ihre nervösen Hände. Äußerst scheu und verlegen fragte die Fee: „Brauchst Du Hilfe Kleckselinchen? Öfen sind für Hexen nämlich sehr gefährlich!"

# Rein biologisch

Am Samstagabend ging es hoch her! Eine Bestellung nach der anderen. Kleckselinchen lief pausenlos vom Speiseraum in die Küche. Ein Gast sagte zu ihr: „Ich liebe Ihr Brunnenwasser. Es hat so einen besonderen Geschmack. Wovon kommt der?"

„Das ist leider Betriebsgeheimnis", erwiderte Kleckselinchen. „Aber ich kann Ihnen sagen, dass unser Wasser rein biologisch ist." Zufrieden nickte der Fragesteller. Kleckselinchen überlegte für sich: *„Gelogen ist es ja nicht. Unser Brunnenwasser ist wirklich rein biologisch. Allerdings bekommt es seinen besonderen Geschmack von den Riesenfröschen im Brunnen. Oder liegt es an den Wasserschlangen des Brunnens? Nun, wie dem auch sein: alles ganz frei von Chemie."*

## Schneidegeräte

Der Abend verlief weiterhin sehr stressig, allmählich schmerzten Kleckselinchen die Füße so, dass sie sich Rollschuhe anzog. Das schonte die Füße, sparte Zeit und brachte für die Gäste viel Unterhaltungsstoff. Vor allem, wenn es mit dem Bremsen mal wieder nicht klappte. Schusslige Hexen sollten wirklich nicht Rollschuh laufen!

Eine Besucherin erkundigte sich: „Wie schaffen Sie es bloß, in der kurzen Zeit die Gemüsebeilagen fürs Essen zu schneiden? Bei der Arbeitsmenge muss das doch fast unmöglich sein."

Die Hexe erklärte etwas salopp: „Ach, kein Problem, ich habe mehrere Schneidegeräte."

Das stimmte wirklich! In der Küche zerteilten der Panda, die graue Hofkatze und der Drache das Gemüse mit gezielten Krallenhieben in kürzester Zeit. Sie machten geradezu einen Wettbewerb daraus. Der schnellste Schneideprofi von ihnen durfte sich heimlich aus Kleckselinchens Speisekammer etwas klauen. Der langsamste musste zur Strafe am Krötenbrunnen Trinkwasser für die Gäste holen. Das beflügelte zum schnellen Schneiden, keiner wollte zum ekligen Krötenbrunnen gehen.

## Kontrolle

Sir Ralphus half Kleckselinchen in der Küche, als ein Mann vom Gesundheitsamt routinemäßig zur Kontrolle kam. Kleckselinchen rief: „Schauen Sie sich nur gründlich um, Sie werden nichts zum Beanstanden finden! Hier herrscht allergrößte Ordnung!"

Der Beamte sprach: „Sie haben keinen Rauchmelder!"

Sir Ralphus erwiderte: „Das brauchen wir hier nicht!"

In einer großen Puddingschüssel bewegte sich etwas. Erstaunt blickte der Mann hinein, ein mampfender Drache! „Tiere sind in der Küche verboten!", zischte der Beamte.

Kleckselinchen entgegnete: „Stimmt. Tiere sind verboten. Das ist aber ein Drache! Und es steht in keinem Gesetz, dass Fabelwesen in der Küche verboten sind!"

Ungläubig hob der Mann den Drachen aus der Schüssel, in der sich auch zahlreiche Pandahaare befanden. Verärgert spuckte der Drache Feuer, welches dem armen Kontrolleur die Haare versengte: „Ich dachte, Sie brauchen hier keinen Rauchmelder?", schimpfte er sehr streng.

Sir Ralphus lachte über den angerußten Mann so sehr, dass sein Gebiss in den Suppentopf fiel. Mit den schmutzigen Händen fischte der Zauberer darin rum, in der Hoffnung seine dritten Zähne wieder zu finden. Dabei sprach er: „Ja, eben wegen des Drachens brauchen wir keinen Rauchmelder. Denn der Rauchalarm ginge ja nie vorbei, so lange der Drache in der Küche ist."

## Die Flucht

Kleckselinchen hingegen besaß mehr Mitgefühl mit dem angesengten Kontrolleur und rief spontan: „Ich mache schnell einen Reparaturzauber, dann ist Ihr Haar wieder in Ordnung!" Glaubte sie allein, alle anderen Hofbewohner erschraken zutiefst.

Leider vollkommen zurecht, denn der arme Mann besaß nun flauschige Häschenohren bis zum Boden. Das Haar hingegen brutzelte allerdings weiter vor sich hin. Panisch eilte er zum Brunnen, um dort seine Haare zu löschen. Der Anblick der Schlangen und Kröten dort gab ihm aber den Rest. „Euch Chaoten werde ich die Lizenz entziehen lassen!", schimpfte der Leidgeprüfte laut. Dies hörte der Tyrannosaurus Rex und eilte stampfend herbei. Schnellstmöglich floh der Kontrolleur in sein Auto, das später noch vom Einhorn verfolgt wurde, welches versuchte, die Reifen aufzuschlitzen, was leider nicht gelang.

Viel später wunderte sich Kleckselinchen, warum der Beamte die Kontrolle nicht ordnungsgemäß beendete und auch nie wieder kam. „Vermutlich hat er sich davon überzeugt, dass hier alles vollkommen den Gesetzen entspricht", überlegte sie zufrieden.

## Krebse

Freitags kamen Gäste aus aller Welt, um frische Flusskrebse zu essen. Kleckselinchen bereitete diese auf verschiedene Art zu, kein Gourmetwunsch blieb unerfüllt.

Ihre Schwester und Sir Ralphus fingen die Krebse im Fluss, der in den See mündete. Für beide gehörte der Freitag zu den schrecklichsten Tagen in der Woche. Bei jedem Wetter beim Krebse fangen bis auf die Haut nass werden, ließ die ohnehin schon sehr geringe Begeisterung der beiden deutlich sinken. Sir Ralphus versuchte sich stets mit der Ausrede: „Heute habe ich leider so arg Rheuma" zu drücken. Der Fee fiel stets ein: „Ich muss mit meinem Einhorn Gassi gehen. Es braucht Bewegung." Es braucht kaum betont werden, dass diese Ausreden nicht viel nützten.

Eines Nachts kamen die Krebse aus dem Fluss und kniffen die Hexe in ihrem Haus stundenlang. Überraschenderweise gab es seitdem nie wieder Krebse auf der Menükarte. Rätselhaft! Was mochte wohl der Grund sein? Die armen Gourmets! Kleckselinchen kommentierte das bloß lapidar mit: „Böh!"

## Vorräte

Kleckselinchen ärgerte sich immer ein bisschen, wenn die Gäste etwas bestellten, von dem sie keine Zutaten mehr vorrätig hatte. Etwa Erdbeertorte, und sie musste feststellen, dass sich keine Erdbeeren mehr in der Speisekammer befanden. Oder Sahnetorte, und es keine Sahne mehr gab. Sehr ärgerlich! Zumal die Hexe stets dachte, genug Zutaten eingelagert zu haben. Mit der Zeit ging es ihr immer häufiger durch den Kopf: „Kann ich mich tatsächlich schon wieder getäuscht haben? Ich sollte vielleicht öfters die Bestände nachprüfen, um rechtzeitig für Nachschub sorgen zu können." Gedacht, getan. Kleckselinchen eilte in die Speisekammer. „Also, was haben wir hier? Mal sehen. Drei große Kisten mit Gemüse und einem Alpaka mitten drin. Vier große Dosen Kekse inklusive einem genäschigen Panda, sowie ein Eimer Honig samt schleckigen Drachen. Hm, eigentlich alles wie immer. He, Moment mal! Ihr Schleckergöschchen! Raus mit Euch! Kein Wunder geht mir alles an Vorräten aus! Wen von Euch ich nochmals erwische, der muss künftig den Krötenbrunnen putzen gehen!" Seltsamerweise gingen ihr seit dem die Vorräte nicht mehr aus. Warum wohl?

## Der überraschende Gast

An einem Dienstag erblickte die junge Hexe den uralten Sir Ralphus im Cafe. „Nanu, willst Du heute aushelfen kommen?" erkundigte sie sich hocherfreut.

„Keineswegs", nuschelte Sir Ralphus zahnlos. „Ich möchte eine Tasse Schlamm und ein Brot mit roter Schuhcreme."

Völlig verblüfft hakte die Hexe nach: „Schlamm? Rote Schuhcreme?"

„Ach, ich habe vergessen, dass Du es Kaffee und Marmelade nennst."

„Was heißt hier nennen? Es ist Kaffee und Marmelade."

„Ich weiß, dass Du das glaubst. Aber offensichtlich hast Du es noch nicht selber ausprobiert. Auf jeden Fall will ich es mir zu Gemüte führen."

Argwöhnisch wollte die Hexe wissen: „Kannst Du es überhaupt bezahlen?"

„Na klar", entgegnete Sir Ralphus gelassen. „Heute Nacht war die Zahnfee bei mir. Wie Du weißt, hinterlässt die Zahnfee für jeden Zahn, der unter dem Kissen liegt, Geld."

Erstaunt rutschte es Kleckselinchen heraus: „Zähne? Du hast doch seit Jahrzehnten keine mehr!"

„Natürlich. Deshalb habe ich ja mein Gebiss unter dem Kissen gelassen. Überlege mal, was da an Geld zusammen gekommen ist. So viele künstliche Zähne! Die Zahnfee musste dafür einen Scheck hinterlassen, Ihr Bargeld reichte nicht aus."

„Die arme Zahnfee", entfuhr es der Hexe. „Sie hat wohl extra einen Kredit aufnehmen müssen."

## Märchenhaft

Als Sir Ralphus gegangen war, murmelte die junge Hexe: „Zahnfee! Pah! Sowas gibt es doch gar nicht! Wie kann jemand in diesem Alter an solche Erfindungen wie Zahnfee, Geister, Vampire und Werwölfe noch glauben. Albern!"

Die Tür des Cafes ging auf. Herein kamen genau die eben genannten Personen, um zu speisen. Einer der Gäste erzählte den anderen, er habe vor kurzem im Wald eine Hexe gesehen. Daraufhin lachten ihn die Tischgenossen höhnisch aus: „Sei doch kein Narr, jeder weiß, dass es keine Hexen gibt! Das ist doch frei erfunden! Reine Märchen!"
Betreten ging Kleckselinchen in die Küche. Erstaunlich, was es alles so gab. Sogar Zahnfeen! Offensichtlich hatte sie Sir Ralphus unrecht getan.

## Schussligkeit

Der Panda lag in der Küche auf einem Regal. Schläfrig beobachtete er die junge Hexe, die wieder einmal einen ihrer besonders schussligen Tage hatte. Eier flogen auf den Boden, den Kaffee warf sie in den Backofen, die Pizza in den Suppentopf.

Gelegentlich kicherte der Panda vergnügt vor sich hin. Das war viel witziger, als alle Komödien, die er kannte. Wenn Kleckselinchen auf den Eiern ausrutschte, klatschte der Panda innerlich Beifall und hätte am liebsten laut „Zugabe!" gerufen. Wohlweislich ließ er das lieber sein, da Kleckselinchen unfassbarer Weise glaubte, nicht schusslig zu sein. Dabei war sie die Oberschusselkönigin!

Auf dem Heimweg begegnete dem Panda der Yeti. „Entschuldigung, ich habe mich bei meinem Abendspaziergang in Tibet ein kleines bisschen verlaufen. Können Sie mir sagen, wie ich nach Tibet zurückkomme?"

Der Panda zeigte dem Yeti die richtige Straße und überlegte dann: „Erstaunlich, Kleckselinchen ist doch nicht die Königin der Schussel. Der Yeti steht noch deutlich über ihr. Wer hätte das für möglich gehalten?"

## Die Tiefkühltruhe

Als Qualmchen mal wieder im Hofcafé aushalf, wunderte er sich wie schon so oft über die riesige Tiefkühltruhe. Diese nahm einen sehr großen Teil der Küche ein. Der kleine Drache erkundigte sich deshalb neugierig bei der Hexe: „Ist die Tiefkühltruhe nicht etwas groß für unser Café? Ich kenne niemand, der so eine große Tiefkühltruhe hat."

Kleckselinchen meinte von oben herab: „Groß? Wieso groß? Sie ist genau richtig."

„Was ist denn da alles drin? Wir kochen doch immer nur frische Sachen?", wollte Qualmchen wissen.

„Ach, manchmal bleibt etwas übrig, das muss ich dann einfrieren."

„Etwas? Bei der Riesentiefkühltruhe kann keine Rede von etwas ein", entgegnete der Drache.

Unwirsch öffnete die Hexe die Tiefkühltruhe: „Sieh selbst! Sie ist nicht zu groß!"

Nach dem Öffnen schaute Kleckselinchen entsetzt hinein und schloss die Tiefkühltruhe rekordschnell. In der Truhe angelten Pinguine Fische, Eisbären liefen Schlittschuh. Vielleicht war die Truhe doch ein kleines bisschen zu groß?

# Historisch?

An einem Sonntag kam ein Gast ins Hofcafé, dem Kleckselinchen es nicht recht machen konnte. Das Schnitzel war ihm zu kalt, das Bier zu warm, so ging es die ganze Zeit. Nun, die meisten von uns kennen wohl den einen oder anderen Menschen dieser Sorte. Einfach unverbesserliche Nörgler! Selbst die Pandahaare am Eis fand er nicht witzig, die einzige Beanstandung, bei der ihm wohl auch viele andere Gäste recht gegeben hätten.

Nun begann er auch noch eine Diskussion mit Kleckselinchen über das Alter des Gebäudes. „Das Haus soll aus dem Mittelalter sein? Das glaube ich nicht", sprach der Gast.

Kleckselinchen brummte: „Na, dann gehen Sie doch mal raus! Draußen sind an manchen Stellen noch die steinernen Kanonenkugeln aus dem Mittelalter in der Wand, als seinerzeit der Hof einmal beschossen wurde."

„Ach, was! Die kommen von irgendwas anderem. Dem Haus kann jeder ansehen, dass es nicht alt ist. Hier ist nicht das Geringste drin, was an alte Zeiten erinnert."

Verärgert betätigte Kleckselinchen die verborgene Falltür aus dem Mittelalter und rief dem herabstürzenden Gast nach: „Wenn Sie Ihre Meinung geändert haben, lasse ich Sie vielleicht wieder heraus."

Merke: Hexen zu ärgern ist ein großer Fehler!

## Nicht zu fassen!

Einmal besuchte die Fee ihre Schwester in der Pause, dabei erzähle sie: „Mir ist gestern etwas sehr Wichtiges aufgefallen! Wir altern ganz erheblich langsamer als andere. Woran kann das nur liegen? Am gesunden Leben auf dem Land?"

„Ja, es ist wirklich seltsam", antwortete Kleckselinchen. „Mir ist das auch schon oft aufgefallen, wie lange wir nun schon junge Mädchen sind. Es ist unerklärlich. Aber am Leben auf dem Land liegt es sicher nicht. Die Leute auf den Nachbarhöfen altern schließlich viel schneller als wir beide."

Kleckselinchen beschloss, ihre magische Kristallkugel zu befragen. Diese sprach: „Bitte warten Sie, Sie werden gleich bedient… Bitte warten Sie…" Nach einer Stunde waren die Mädchen voll bedient. Dann endlich meldete sich eine Stimme: „Womit kann ich dienen?"

Kleckselinchen schoss ihre Frage heraus: „Warum altern meine Schwester und ich so langsam?"

Die Kristallkugel sagte verärgert: „Deswegen ruft Ihr so spät an? Ich habe eigentlich schon lange Feierabend! Schämen solltet Ihr Euch! Also wirklich nicht zu fassen! Davon abgesehen solltet Ihr die Lösung wirklich selber wissen! Ihr seid die Töchter eines Unsterblichen! Also…" Den Rest hörten beide Mädchen nicht mehr! Natürlich! Sir Ralphus Rhematicuslinchen trank einst aus dem Heiligen Gral, was ihn und später auch seine Töchter unsterblich machte. Und über diese unsterblich liebenswerten Schwestern werde ich auch weiterhin in meinen Büchern berichten. Sie erlebten noch viele aufregende Abenteuer, die ich getreulich nach und nach meinen werten Lesern berichten werde.

Freuen Sie sich schon auf die nächsten Bücher! Bis bald!

# Carmen Neubohn

## Die Idee

Qualmchen war nun stolzer Besitzer einer Drachenhöhle mitsamt einem wunderschönen, unterirdisch angelegten See. Er plantschte gerade so zufrieden herum, als ihm bewusst wurde, dass er doch nicht so glücklich war, wie es hätte sein sollen. Es fehlte ihm das i-Tüpfelchen zu seinem Glück. Aber was war es? Nach langem Überlegen kam ihm ein Gedanke: Könnte er nicht mithelfen den Hof bekannter zu machen, damit mehr Geld eingenommen wurde? Was für Möglichkeiten gäbe es da?

Ein zweiter Geistesblitz durchfuhr ihn und sein Gesicht fing an zu strahlen. „Ja, ich hab's", freute sich das kleine Dingelchen.

So schnell er konnte, schwamm er ans Ufer und rannte zu seinen Freunden. „Sir Ralphus, Kleckselinchen, Ninvy, wo seid Ihr?", brüllte er vor Aufregung. Keuchend blieb er vor Kleckselinchens Hofcafe zu stehen, als er sah, dass die drei Freunde heraus kamen.
„Was ist denn los, warum brüllst Du so?", fragte Kleckselinchen.
„Ich habe eine ganz tolle Idee, aber gehen wir doch ins Café rein. Dann erzähle ich Euch etwas." Staunend betraten sie das Cafe und setzten sich an einen Tisch. „Es ist heute aber nicht viel los hier", bemerkte Qualmchen.
„Ja, leider", seufzte die Hexe. „Man merkt, dass keine Ferien sind."

„Also, was ist los, Qualmchen?", wollte Ninvy wissen.
„Mir ist eine tolle Idee gekommen, wie mehr Geld in den Hof fließen könnte!"
„Ja und wie?", fragte Sir Ralphus.

„Ihr werdet Bauklötze staunen!" Der kleine Drache sprudelte vor Aufregung seine Idee so schnell hervor, dass er sich dauernd verhaspelte. „Na, wie findet Ihr das?" Qualmchen blickte strahlend seine Freunde an.

Sie brachen, wie sich Qualmchen es erhofft hatte, in Begeisterung aus. „Das würdest Du machen? Das ist eine klasse Idee. Toll!"
„Das ist sehr nobel von Dir. Wir dachten schon, du hättest den Hof vergessen", murmelte Sir Ralphus mit seinem klappernden Gebiss.

„Ich soll vergessen haben, was Ihr und die anderen für mich getan habt? Ihr alle habt mir so viel Gutes getan. Jetzt bin ich an der Reihe", meinte der Drache.
„Mensch, wenn das klappen würde, wäre das ganz arg toll. Das müssen wir den Hofbesitzern gleich mitteilen. Ich glaube, die schlagen sich gerade mit Geldsorgen herum", brummte der Zauberer. Gesagt, getan. Die Besitzer waren von diesem Angebot gerührt und nahmen es dankend an.

Wie ein Lauffeuer ging das Angebot im Hof herum und alle zeigten Begeisterung. „Na, dann wollen wir mal kräftig die Werbetrommel rühren", meinte Alpakalinle.
„Ja, aber das können wir erst tun, wenn's mal so weit ist. Bis dahin haben wir zum Glück noch etwas auf Reserve", meinte der Besitzer. „Wenn das Projekt wenigstens zur Hälfte fertig ist, dann erst können wir so richtig die Werbetrommel rühren. Es wäre ja gelacht, wenn wir aus dieser Misere nicht rauskommen."
„Genau!", riefen alle, „gemeinsam sind wir stark!"

Später, am Abend, saßen die vier wieder allein im Hofcafé. Plötzlich wandte sich Ninvy an Qualmchen: „Weißt Du eigentlich, wie Du das Projekt bewerkstelligen willst?"

Durch Erbleichen wechselte seine Gesichtsfarbe von dunkelgrün zu hellgrün. Erschreckt und schluchzend musste er zugeben, dass er daran gar nicht gedacht hatte. Sein Gesicht wechselte nun auf ein merkwürdiges grün-rot. „Ha, ich hab's!", rief er. „Die Zwerge, Diamanten…"

„Was meinst Du? Erst nein, dann ja", beschwerte sich Kleckselinchen.

„Ihr habt doch noch die Diamanten, die wir damals mitgebracht haben, oder?" Sir Ralphus nickte. „Ja, sie werden ein Teil meiner Idee. Könnt Ihr Euch von Ihnen trennen?" erkundigte sich Qualmchen.

„Ja, sicher. Wir haben sie gut versteckt. Aber wozu brauchst Du sie?", wollte Ninvy wissen.

„Passt gut auf sie auf. Ich werde sie bald brauchen!" Und schon war er weg. Wo wollte er bloß hin?

## Das Treffen

Qualmchens Weg führte hüpfend nicht nach Hause, sondern direkt zu den Zwergen. Unterwegs traf er seine Zwergenfreunde, Edi und Felix. „Hallo-o", rief das kleine Dingelchen und winkte ihnen zu. Nach einer freudigen Begrüßung wollt der kleine Drache wissen, wo Graubart, der Anführer des Zwergenvolkes, war.

„Oh, er muss irgendwo im Wald sein. Wir sammeln nämlich für den Winter wieder Vorräte", sagte Edi. „Warum? Brauchst Du uns wieder?"

„Ja, ich muss mit ihm etwas Wichtiges besprechen", gab der Drache zu. „Und zwar ganz dringend!"

„Na, wenn das so ist", meinte Felix „dann gebe ich mal Bescheid." Sprach's und gab mit zwei Fingern im Mund einen so lauten Pfiff von sich, dass er in Qualmchens Ohren noch längere Zeit nachhallte.

„Puh, war das laut", beschwerte sich der Drache, „geht das nicht leiser?"

„Nein, weißt Du, wir wurden dazu erzogen, so laut zu pfeifen. Wenn wir leiser pfeifen würden, dann könnte man das hier im Wald nicht hören", erklärte ihm Edi.

Wie aus dem Nichts trat plötzlich Graubart aus dem Gebüsch. „Was ist denn los? Kann man nicht mal ein Nickerchen machen?", murrte er. Mit der Erklärung, dass Qualmchen ihn dringend zu sprechen wünschte, entschuldigte sich Felix.

„So, Du willst mit mir sprechen?", fragte der Zwergenchef, „na dann komm mit in unsere Höhle. Dort können wir am besten reden."

In der Höhle saßen sie bei Kaffee und Kuchen. Dabei erzählte der kleine Drache von seiner Idee. „Und ich könnte Euch auch bezahlen", endete er.

Graubart sah ihn und fragte: „Mit was willst Du uns bezahlen?"

„Mit Diamanten", bekam er zur Antwort.

„Hm. Und Du hast es eilig damit?", erkundigte sich der Chef.

Qualmchen nickte und erzählte von den Sorgen der Hofbewohner. „Sie brauchen das Geld wirklich dringend."

Graubart nickte verständnisvoll. „Ja, ich kann mir das sehr gut vorstellen. Also gut, wir machen es. Geh jetzt nach Hause, damit ich Pläne dafür machen kann. Ich komme morgen im Laufe des Tages zu Dir."

Dankbar verabschiedete sich Qualmchen und machte sich auf den Heimweg. Auch er machte sich Gedanken, wie das Projekt wohl am besten zustande kommen sollte.

## Das Projekt

Am nächsten Tag kam, wie versprochen, Graubart in Begleitung von einer größeren Zwergengruppe. Der kleine Drache hatte sie schon sehnlichst erwartet.

„Hallo, ich grüße Euch", begrüßte Qualmchen die Schar.

„Auch wir grüßen Dich, junger Freund", erwiderte Graubart. „Jetzt wollen wir mal reingehen und schauen, was wir machen können."

„Entschuldigt, Graubart, aber ich habe gestern noch eine Idee bezüglich dieses Projektes gehabt", gab das kleine Dingelchen zu und erklärte dem Chef seinen Plan.

„Ich muss sagen, Du steckst Dir zuweilen hohe Ziele", brummte Graubart und zog die Stirn kraus. Sie betraten die bestimmte Höhle. Die Zwerge überlegten mit, denn sie waren sozusagen die Ingenieure des Zwergenvolkes. Sie gaben dieses und jenes zu bedenken. Zum Schluss konnte man sich auf das Projekt einigen. Die Idee war es, aus einem See zwei zu machen, wobei aus dem zweiten Teil ein Thermalsee werden sollte.

„Was meint Ihr, wie lange man dazu braucht?", erkundigte sich Qualmchen.

„Nun, ja, da muss einiges gemacht werden. Da ist zum Beispiel ein Lüftungsschacht fällig. Dann muss unter dem Thermalsee noch eine Höhle ausgebuddelt werden", gab Graubart zu bedenken. „Dann ist da noch die Frage, wie das Seebecken beheizt werden kann."

„Oh, ich glaube, da kann ich helfen", erwiderte der Drache. „Ich kann den Thermalsee doch heizen. Und ich weiß auch wie."

„Na, da sind wir mal gespannt", lachte der Zwergenchef. Nachdem Qualmchen seine Idee seinen Zwergenfreunden erläutert hatte, klopfte der Chef ihm anerkennend auf die Schulter. „Mein Kompliment, mein Freund", lobte er. „Also, dann ist alles klar. Da der See halbiert werden soll, muss eine Trennwand her, und zwar vom Seegrund bis zur Höhlendecke. Dann die Lüftungsschächte, die sogenannte Heizungshöhle mit dem entsprechenden Erfordernissen."

„Was meint Ihr, wie lange das dauern wird?", fragte nochmals der kleine Drache.

„Na, Du musst uns schon etwas Zeit lassen. Sagen wir mal zwei bis drei Monate. Es soll ja schließlich ordentlich gemacht werden. Wenn wir schnell machen, dann kann irgendwas Falsches geschehen."

Qualmchen nickte befriedigt. „Zwei bis drei Monate", sinnierte das kleine Dingelchen. „Das wäre ja dann schon zur Weihnachtszeit. Das wäre toll!"

Nach diesem Treffen machten sich die Ingenieure gleich daran, das benötigte Baumaterial zu sammeln und vorzubereiten, was ungefähr zwei Wochen dauerte. Das ganze Baumaterial musste schließlich vollkommen trocken sein, damit die Isolierung hielt.

Wie die Zwerge es schafften die Trennmauer hochzuziehen, wird uns ein Geheimnis bleiben. Es sollte jedoch hinzugefügt werden, dass bei diesem Bauabschnitt die Zwerge regelmäßig nass wurden. Dafür blies Qualmchen in dieser Zeit ihre Kleidung trocken, wenn sie am Abend aus der Bauhöhle kamen. Glücklicherweise und vorausschauend brachte man meist Ersatzkleidung mit, da bei so mancher Trockenaktion die Kleidung verschmorte. Die Bauarbeiten dauerten mit den dazugehörigen Pannen etwa zweieinhalb Monate. Inzwischen war es Anfang Dezember geworden, als das Projekt fertiggestellt Qualmchen übergeben werden konnte. Dafür wurden die Zwerge mit den Diamanten bezahlt, die der Drachen mit seinen Freunden einst mit dem Schatz mitgebracht hatte.

## Die Einweihungsfeier

Der große Tag kam, wo die Seen-Höhle eingeweiht werden sollte. Man hatte beschlossen, dass es zwei Eröffnungsfeiern geben sollte. Einen für die Hofbewohner und einen für die Öffentlichkeit.

Alle Hofbewohner warteten am Eingang vor der Höhle, wo Qualmchen eine kleine Rede halten wollte.

Alle waren gespannt, was sie erwartete. Da alle zuerst die Seen-Höhle anschauen und sogleich ins Wasser gehen wollten, sorgten der Drache und Graubart mit Hilfe der Hofbesitzer dafür, dass alle schön der Reihe nach reingehen konnten. Man konnte doch nicht zulassen, dass sie sich zusammen drängten und irgendjemand zu Schaden kam.

„Meine lieben Freunde, als Dank für Eure Hilfe, die mir zugekommen war, möchte ich meine See-Höhle öffentlich machen. Die Bewohner sollen sich darin erfrischen können. Das Eintrittsgeld für die anderen Besucher soll dem Hof zugutekommen. Jetzt sollt Ihr, meine lieben Freunde, zuerst drankommen. Ich hoffe, es gefällt Euch und Ihr habt Freude damit. Nur um eins muss ich bitten und das gilt für alle, also auch für die Besucher, hinterlasst bitte keinen Schmutz."

Großer Applaus wurde ihm zuteil. Trotz, dass man sich Mühe gab, dass es zu keinem Gedränge kommen sollte, wurde geschubst. So manch einer bekam einen Rippenstoß.

Doch kamen sie nur bis zum Eingang der Seen-Höhle. Denn dort hatte man ein rotes Band davor gespannt. Qualmchen holte das Hofbesitzer-Paar nach vorne und bat sie, das Band durchzuschneiden. Voller Erwartung schob sich die Menge in die Höhle. Vor den Seen kamen sie zum Stehen und klatschten Beifall. Der

Drache führte das Besitzerpaar herum und zeigte ihnen alles. Erstaunt sahen sie, dass Qualmchen und Graubart zusammen mit den Ingenieurzwergen wirklich an alles gedacht hatten. Sogar an eine Wiederaufbereitungsanlage wurde gedacht.

„Qualmchen, wie können wir Dir danken? Das ist eine tolle Sache." Das Paar konnte kaum die Freudentränen unterdrücken.

„Ihr braucht mir nicht zu danken!" Den Drachen freute es sehr, dass sein Projekt bei dem Paar so gut ankam. Und die Bewohner? Nun, es wurde gelacht, geschwommen, geplanscht! Alle waren hochzufrieden. Am Ende des Tages gab es noch ein großes Büfett für alle. Die Seen-Höhle wurde zu einer Attraktion, die weltweit berühmt wurde. Auf die Frage der Touristen wie der Thermal-See beheizt wurde, kam die Antwort, dass Qualmchen selbst dafür sorgte. Gleich morgens ging er in die Höhle, die unter dem See lag. Vor dort befeuerte er den Seeboden mit Feuerspucken so sehr auf, dass der See schon zu brodeln anfing und die Hitze den ganzen Tag dort anhielt.

## Die Unfälle

Es war der kälteste Winter seit Ewigkeiten. Alles war zugefroren. Sogar Qualmchens See. Freilich nicht der Thermal-See. Der normale war Zentimeter dick vereist. Der Thermal-See kam nur auf eine angenehme Wärme.

„Brr, so eine Kälte", brummelte der kleine Drachen, schlug seine Ärmchen um sich. „Hier ist es so eisig, dass ich mich dringend wärmen muss. Am besten gehe ich ins Hofcafé zu meinen Freunden. Hoffentlich ist es dort wärmer", sprach's und machte sich auf den Weg durch den winterlichen Wald zum Hofcafé. Aber es wartete dort eine böse Überraschung auf ihn. Das Hofcafé war geschlossen. Und wo war Kleckselinchen? Qualmchen sah sich um und bemerkte, dass alles auf dem Hof zugefroren war. Er wollte gerade Sir Ralphus besuchen, als eine weinerliche Stimme aus dem Hofcafe zu hören war.

Das liebe Dingelchen stutzte und schlitterte auf die Hofcafé-Tür zu. „Hallo, ist jemand da?", schrie er durchs Schlüsselloch.

„Qualmchen, bist Du das?", fragte die Stimme.

„Natürlich bin ich es, wer sollte ich denn sonst sein?", antwortete er.

„Qualmchen, wir brauchen Deine Hilfe. Das Schloss ist zugefroren und wir bekommen die Tür nicht mehr auf", wimmerte die Stimme.

„Was heißt wir, wer ist denn noch da?", forschte der Drache.

„Ich und Ninvy", kam es zurück.

„Ach, Kleckselinchen, Du bist das? Und Ninvy ist bei Dir?"

„Ja, und wir bekommen die Tür einfach nicht auf. Hilf uns doch!"

„Also gut. Geht von der Tür, denn jetzt wird es warm", warnte Qualmchen. Er trat ein paar Schritte zurück und machte ein solches Feuer, dass die Tür zu brennen begann! „Oje, was habe ich da angerichtet?", flüsterte das Dingelchen.

„Zu Hilfe, zu Hilfe“, schrien die zwei Mädchen, „was hast Du bloß gemacht, Qualmchen?“

Bevor der Drache noch irgendwie handeln konnte, traf ihn eine Schneekugel so sehr, dass er davon überrollt wurde.

„Mach Platz, Du feuriger Drache!“, kam es von hinten. Kaum waren diese Worte ausgesprochen, als nochmals eine riesige Schneekugel angerollt kam. Qualmchen konnte gerade noch ausweichen und sah entrüstet zu Alpakalinle und Larrylinchen, welche die zweite Schneekugel in Gang gebracht hatten.

„Hättet Ihr, nicht vorher Bescheid geben können?“, empörte er sich.

„Haben wir doch gemacht“, kicherten die zwei. „Doch schau lieber, was mit dem Hofcafé ist.“

Alle drei blickten zum Hofcafé. Die Tür war total angeschwärzt vom Feuer. Die Schneekugeln hatten ihre Pflicht getan. Erzürnt kamen Kleckselinchen und Ninvy heraus.

„Wie seht Ihr denn aus?“, prusteten Alpakalinle und Larrylinchen, „einfach zum Schreien.“

„Wie sollen wir denn aussehen, wenn wir zuerst verkohlt und dann zu Eisklötzen werden?“, empörte sich Kleckselinchen.

Und auch Ninvy gab ihren Senf dazu: „Wir werden uns noch den Tod holen, wenn wir uns nicht schnell umziehen.“ Tatsächlich hatten die Fee und ihre Schwester Badeanzüge an.

„Was habt Ihr bei dem kalten Wetter in Badeanzügen zu suchen?“, fragte das Dingelchen erstaunt. „Erst schreit Ihr, dass das Schloss zugefroren und nicht aufzubekommen ist, und jetzt ist Euch zu kalt.“

„Tja, uns ist auch warm geworden.“ Erst jetzt sahen der Drache, das Alpaka und das Lama die Bescherung. Hinten im Eingang lag ein Schweißbrenner.

„Habt Ihr etwa versucht mit dem da das Türschloss aufzu-schweißen?“, lautete die nächste Frage.

Beide Mädchen nickten betrübt mit dem Kopf: „Ja, wir haben's damit versucht, weil wir mit unseren Zaubersprüchen nicht weiterkamen" erklärte Ninvy. „Und so wie es ausschaut, wird es wohl ein Hofeiscafé werden, wenn wir nicht schnell eine Lösung finden."

Sir Ralphus kam angeschlittert, wie üblich im Morgenmantel, Nachtmütze und ohne Gebiss. Er hatte wieder einmal vergessen, sich umzuziehen und sein klappriges Gebiss in den Mund zu stopfen. „Wasch ischt denn hier losch?" nuschelte er etwas unverständlich, „hier siescht esch ja ausch, als wäre hier Feuer und Eisch zusammen getroffen." Genauso sah es aus. Die Tür verkohlt, das Schloss verschmolzen und im Inneren der Hütte war eine riesige Wasserlache zu sehen. Der Rest der Schneekugeln. Die Anspannung löste sich langsam und beim Anblick von Sir Ralphus fing erst ein Kichern und dann ein Gelächter an. Sir Ralphus blickte erstaunt und brummelte in seinen Bart: „Wasch gibt esch hier zu lachen? Dasch ischt nischt luschtig."

„Aber Sir Ralphus", kicherte Alpakalinle, „Schau Dich bloß an. Du hast vergessen, Dich richtig anzuziehen."

Da kicherte der alte Zauberer auch und murmelte: „Oje, ich glaube fascht, isch werde langscham alt. Dann geh isch mich mal wieder." Langsam wie er gekommen war, rutscht er zurück. „Kein Wunder, dasch mir scho kalt war", nuschelte er.

Die anderen Anwesenden überlegten aber, wie sie das Hofcafe am besten sanieren sollten. Diese Frage wurde mit Hilfe des Hofbesitzerpaares gelöst und Kleckselinchen bekam ein schönes, neues Hofcafé.

## Die Eiszapfenhöhle

Der Winter brachte eine eisige Kälte und viel Schnee mit. Dadurch blieben die Besucher weg, was dem Hof sehr schadete. Qualmchen und seine Freunde saßen mal wieder in Kleckselinchens Hofcafé am Kamin, wo ein lustiges Feuerchen brannte. Dabei besprachen sie, wie man die Leute wieder anlocken könnte. Aber die Kälte schien ihnen das Nachdenken zu erschweren.

„Brr, ist das eine Kälte", meinte Kleckselinchen, nachdem sie jedem einen Becher warmen Kakao hinstellte.

„Das tut gut", freute sich der kleine Drache, als er einen großen Schluck tat.

Sir Ralphus, der greise Zauberer, gab zu, dass die Kälte einem doch schwer zu schaffen mache. Wie konnte man es bloß anstellen, dass die Besucher wieder kamen? Keinem fiel etwas ein. Leider.

Am nächsten Morgen erwachte Qualmchen in seiner Schlafhöhle. Er konnte kaum glauben, was er sah, als er die Augen aufschlug. Von der Decke her bildete sich Stalaktiten. Stalaktiten sind Eiszapfen, die von der Decke wachsen. „Was ist denn dass?", fragte er sich, denn von so etwas hatte er noch nie gehört oder gesehen. „Komisch. Aber es sieht schön aus", dachte er. Qualmchen sprang aus seinem warmen Bett heraus und wollte sogleich in die Seenhöhle, um sich im Thermalbad zu erwärmen.

Normalerweise reichte ihm der normale See aus, aber bei der Kälte, die jetzt herrschte, musste er ins Thermalbad. Das heißt, er wollte dorthin. Aber er kam nicht so schnell voran wie sonst. Woran das lag? Ganz einfach. Die Höhlenwege waren durch den Frost samt und sonders zu einer rutschigen Eisbahn geworden. Der arme Drache schlitterte ungebremst auf das nächste Hindernis zu. Bums! Benommen schüttelte er den Kopf und nahm dann das Hindernis in Augenschein, dass er jetzt fest umklammert hielt. „Nanu, wo kommt denn das her?" Er löste sich von einem Eiszapfen, der vom Boden her wuchs. Die Eiszapfen die vom Boden heraus wachsen, nennt man Stalagmiten. Brr, war das kalt! „Jetzt aber in den warmen See", dachte er und rutschte nun vorsichtig weiter in die Seenhöhle. Aller Vorsicht zum Trotz kam er nicht umhin über die eine oder andere Hürde zu stolpern oder sich den Kopf anzuschlagen. Endlich in der Seenhöhle angelangt, wartete eine neue Überraschung auf ihn. Der normale See war in eine zentimeterhohe Eisschicht getaucht und selbst der Thermalsee war nur noch lau. Das arme Qualmchen! Er konnte sich nicht mal erwärmen! „Na, ja, dann mache ich mir ein warmes Frühstück", ging es ihm durch den Kopf. Wegen der Gefahren, die eine Rutschbahn auslösen kann überlegte sich der kleine Drache, wie er am ungefährdetsten zur Speisekammer kommen könnte. Ganz vorsichtig rutschte er vorwärts. Doch ach! An der Speisekammer endlich angelangt erreichte ihn schon wieder eine böse Überraschung. Alles hing voller Eiszapfen. Von oben und von unten. Das einzig Positive war, dass diese Eiszapfen noch nicht zusammen gewachsen waren, sonst würde er überhaupt nicht seine Vorräte erreichen. So musste er sich nur zwischen den Eiszapfen durchschlängeln. Es war wie Slalomlaufen.

Nach einiger Zeit hatte er sein Frühstück zusammen, wollte es durch Feuer erhitzen, als er abermals erschrak. Bedauerlicherweise musste er feststellen, dass er jetzt nicht mal in der Lage war Feuer zu spucken. Qualmchen erschrak so sehr, dass ihm Tränen in die Augen kamen. Oje, was nun tun? Das arme Qualmchen! Kein warmes Bad und kein warmes Frühstück konnte er sich gönnen. Es gab nur eins. Er musste seine Freunde um Hilfe bitten. Er zog sich warm an und stiefelte langsam durch den tief verschneiten Wald. „Ob es ihnen so geht wie mir?", überlegte sich der kleine Drache. „Hoffentlich nicht."

In Kleckselinchens Hofcafé waren auch schon Sir Ralphus und Ninvy zugegen. Dass Kleckselinchen auch da war, versteht sich von selbst. „Fehlt nur noch unser kleiner Freund, dann sind wir komplett" meinte Sir Ralphus.

Sprach's aus, als es plötzlich an die Tür klopfte, der kleine Drache hereintrat und seine Freunde mit einem: „Hallo, da bin ich", begrüßte. „Ah, hier ist es schön warm", freute sich Qualmchen, „Bei mir ist es bitterkalt."

„Es brennt ja auch ein schönes Feuer in meinem Kamin", bemerkte Kleckselinchen.

„Bei Dir ist es kalt?" forschte Ninvy nach, „warum denn? Ich dachte, Du kannst Feuer spucken."

Traurig schüttelte das arme Dingelchen mit dem Kopf. „Das ist es ja eben", schniefte er, „ich krieg es nicht mehr hin."

„Oje, das ist aber schlimm", brummelte Sir Ralphus.

„Ja, und ich konnte nicht mal ein warmes Bad nehmen und mir auch kein warmes Frühstück einverleiben."

„Was! Du hast nicht frühstücken können?", erkundigte sich Ninvy. „Kleckselinchen komm, mach schnell ein Frühstück für den Armen."

„Seit wann bestimmst Du, was ich wann machen soll?", beschwerte sich die Hexe und machte sich dennoch daran, Qualmchen ein warmes Essen zuzubereiten, worüber der Drache sich sehr freute.

„Nun erzähl mal, was los ist", bestimmte Sir Ralphus. „Warum ist es bei Dir so kalt?"

Und der Drache erzähle ihnen von den Eiszapfen, die von oben und unten heranwuchsen, vom zugefrorenen See und der eisigen Speisekammer. „Und Feuer kann ich auch nicht mehr spucken. Ich glaube, es liegt an der Kälte", meinte das Dingelchen.

„Hm, da ist guter Rat teuer", gab der alte Zauberer zu, „mal überlegen." Nach einer Weile meinte Sir Ralphus: „Wir sollten uns das einmal ansehen."

„Warum?", wollte Kleckselinchen wissen. „Hier ist es doch so schön warm. Weshalb in die Eisgruft gehen?"

„Das ist keine Eisgruft", beschwerte sich der Drache. „Das ist zufällig meine Höhle. Ich nenn Dein Hofcafé doch auch nicht Hexenhaus. Was viel besser passen würde."

Kleckselinchen konnte ihm nicht widersprechen, da Ninvy gerade rechtzeitig dazwischen fuhr: „Nicht streiten. Kleckselinchen, was würdest Du sagen, wenn Du an seiner Stelle wärst?"

„Also gut, Ihr habt gewonnen. Gehen wir halt zur Eisgruft, äh, ich meine Höhle und holen uns einen gewaltigen Schnupfen", gab die Hexe nach.

Dick eingemummelt stapften die vier durch den Schnee zu Qualmchens Höhle. „Puh, soviel Schnee hab ich hier noch nie gesehen", Kleckselinchen kroch tiefer in ihren Mantel.

„Die Höhle macht nicht den Anschein, dass es schön gemütlich und warm ist", murmelte Ninvy und betrat nach den anderen die Höhle.

„Vorsicht, es ist sehr rutschig", wollte der Drache gerade die anderen warnen, als er über einen Eishügel stolperte. „Autsch, die Eiszapfen hatte ich doch glatt vergessen", brummelte der Höhlenbesitzer. Er zeigte den Freunden alles.

Später, als sie wieder im warmen Hofcafé saßen und heißen Kaffee und Kekse zu sich nahmen, erhob Sir Ralphus seine Stimme und erklärte, dass er eine geniale Idee habe.

„Was denn für eine?", drängelte Qualmchen.

„Also, die Idee ist aus Deiner Höhle ein Schlittschuhparadies zu machen. Natürlich nur in bestimmten Bereichen. Was meins Du, kleiner Freund?"

„Du meinst, ich soll Besuchern meine Höhle zum Schlittschuhlaufen zur Verfügung stellen?" Sehr skeptisch beäugte das Dingelchen den Zauberer.

„Ja", nickte Sir Ralphus, „aber wie gesagt nur bestimmte Bereiche. Die müssen streng von Deinen privaten Räumen getrennt werden."

„Hm und Du glaubst die Leute werden kommen?" Qualmchens Gesicht strahlte, „ja, diese Idee gefällt mir. Sie gefällt mir sogar sehr. Schade, dass ich nicht von selber darauf gekommen bin."

Freilich mussten die Hofbesitzer miteinbezogen werden, denn sie mussten für die Werbung sorgen. Die Höhle bekam einen separaten Eingang, damit Qualmchen in seinem häuslichen Teil ungestört blieb. Vor dem anderen Eingang zur Schlittschuhhöhle wurde ein kleiner Laden errichtet, wo man unter anderem auch Schlittschuhe leihen oder kaufen konnte. Sie waren der Renner. Natürlich bekam man dort auch Ansichtskarten. Die Besucher kamen und hatten viel Spaß. Das Schönste war, man konnte sich gegen ein kleines Entgelt auch mit Qualmchen fotografieren lassen.

# Ralf Neubohn

## Weihnachtszauber

In verschiedenen Büchern habe ich bereits über die zahlreichen Weihnachtsfeste der letzten Jahre berichtet. Viele aufregende Abenteuer lauerten dabei auf unsere Helden.

Wie mich die Hofbewohner erinnerten, fehlten einige ihrer außergewöhnlichen Erlebnisse. Da auf dem Hof unserer Freunde das ganze Jahr über ständig etwas los ist, komme ich leider mit dem Berichten manchmal nicht nach. Das eine oder andere Abenteuer geht in der Aufregung des jeweils allerneuesten Ereignisses verloren.

Doch heute hole ich das Versäumte nach und schließe die Lücke, so dass ich künftig wieder nur noch von den aktuellsten Erlebnissen schreiben brauche.

Die heute berichteten Weihnachtsabenteuer sind aus verschiedenen Jahren. Das ist interessant, weil die Leser so ganz verschiedene Weihnachtserlebnisse nachvollziehen und vergleichen können. Dabei wird ersichtlich, wie verschieden für die Hofbewohner die Weihnachtsfeste ausfielen. Viel Spaß beim Lesen der spannenden Weihnachtsabenteuer!

## Sir Ralphus

Es gab nur einen Hofbewohner, der noch nicht an Weihnachten dachte, Sir Ralphus. In seinem hohen Alter lebte er in den Tag hinein, ohne das Verstreichen der Zeit zu bemerken.

Doch eines Tages fiel ihm eine schwarze Katze auf. „Aha", ging es ihm durch den Kopf. „Schwarze Katzen bringen Unglück. Außerdem sind sie ein Symbol für Hexerei." Laut rief er: „Miez, miez, lass Dich streicheln, Du kleiner Racker!" Aber die Katze streckte ihm die Zunge heraus, bevor sie davon lief. „Hm", sinnierte Sir Ralphus. „Freche Katzen bringen noch mehr Unglück. Ein sehr böses Omen. Oh, Gott! Bald ist Weihnachten! Hoffentlich ist es kein schlechtes Omen für Weihnachten!"

Der Hofbesitzer sah an seinem Fenster eine schwarze Katze hereinstarren. Freundlich brachte er ihr Katzenfutter. Empört miaute die Katze, streckte ihm ihr Hinterteil entgegen und entfloh. „Die Katzen sind auch nicht mehr, was sie mal waren", überlegte der arme Hofbesitzer.

Welches Unheil kündigte die schwarze Katze wohl an? Fiel Weihnachten aus?

## Spaziergang

Ein paar Tage später ging Ninvy mit der schwarzen Katze spazieren. Zur völligen Verblüffung aller war das Tier äußerst zutraulich. Immer wieder blickte es Ninvy erwartungsvoll an.

Sir Ralphus drückte sein Erstaunen deutlich aus: „Bemerkenswert, wie Du dieses wilde Tier gezähmt hast. Das hätte ich Dir nie zugetraut."

Verlegen errötete Ninvy: „Ach, eigentlich ist sie nur so, wie sie schon immer war. Sie ist völlig unverändert."

Der Zauberer erkundigte sich erstaunt: „Ach, kennst Du die Katze schon lange? Mir ist dieses eigensinnige Tier vorher noch nie aufgefallen. Du weißt hoffentlich, dass schwarze Katzen Unglück bringen."

Schmerzvoll schrie Sir Ralphus auf, als die Katze ihn am Fuß kratzte. „So ein wildes Ding!", beklagte er sich.
Nervös von einem Fuß auf den anderen tretend erklärte Ninvy: „Sage ich ja, sie ist noch genauso wie immer!"

Was steckte hinter dieser geheimnisvollen Angelegenheit?

## Die Wahrheit

Zuhause sprach die Fee zur Katze: „Du musst Dich besser benehmen, sonst kann ich Dich nicht mehr mitnehmen!" Verärgert tatzte die Katze nach ihr. Schüchtern erklärte Ninvy: „Wir müssen uns von irgendjemand helfen lassen, sonst ändert sich die Lage nie." Jammernd miaute die Katze kläglich. „Willst Du einen schönen Salat zum Mittagessen? Rein vegetarisch?" Empört miaute die Katze! Bekanntlich machen sich Katzen nicht viel aus Salat, was allerdings schüchterne Feen nicht wissen.

„Oder möchtest Du lieber eine Maus verspeisen?", fragte die Fee weiter. Dies verstimmt das Tier seltsamerweise noch mehr, es versteckte sich fauchend unter dem Sofa. „Kleckselinchen, das hilft alles nichts! Komm jetzt unter dem Sofa hervor und ich versuche meinen kleinen Fehler beim Zaubern wieder gut zu machen. Nachdem ich Dich damals aus Versehen in eine Katze verzauberte, werde ich Dich vielleicht auch wieder zurückzaubern können." Doch die Katze Kleckselinchen blieb ängstlich unterm Sofa versteckt.

## Zauber

„Na, gut, dann versuche ich es jetzt halt so", murmelte die errötende Fee. Nervös knetete sie die Hände und flüsterte einen Zauberspruch. Nichts geschah. Nun, eigentlich doch. Denn unterm Sofa lag nun eine rosa Maus mit blauen Steifen. „Hm, ich glaube, Du sahst vorher ein bisschen anders aus. Andererseits sollten wir es vielleicht so lassen. Denn ich weiß nicht, ob ich Dich noch ähnlicher hinbekomme." Äußerst erbost fiepste die rosa Maus. Seufzend versuchte die Fee einen anderen Zauber. Nun lag dort ein Rehpinscher mit Giraffenhals und großen Kuhaugen. Erfreut rief Ninvy: „ Noch ähnlicher! Fast kein Unterschied mehr zu früher!" Aus dem großen Giraffenmaul kam eine blaue Zunge und ein erbärmliches Winseln. „Ich verstehe nicht, warum Du nicht zufrieden gibst", murrte die Fee. „Du siehst besser aus, als jemals zuvor!"

Ein gefährliches: „Wuff, Wuff, Grrr!" schallte ihr entgegen.

Schicksalsergeben zauberte die Fee wieder.

In diesem Moment kam Sir Ralphus ins Zimmer und sah die zurückverwandelte Kleckselinchen unterm Sofa liegen. „Was ist denn hier los?" , wollte er wissen.

„Ach", hauchte Ninvy, „das ist eine lange Geschichte."

## Weihnachtssensation

Der Weihnachtsmann freute sich schon sehr auf seine jährliche Weihnachtstournee. Im von Alpakas gezogenen Schlitten über den Himmel sausen, was konnte es Schöneres geben?

Auf dem bekannten Alpaka-Lamahof stand sein Schlitten in der Scheune bereit. Frohgemut begab er sich dorthin, als aus dem Alpakastall lautes Stöhnen erklang. Hatten die armen Tiere Grippe? Oder irgendeine spezielle Alpakakrankheit? Besorgt eilte der Weihnachtsmann zu den armen Tieren. Diese trugen an allen vier Pfoten Bandagen. „Was ist mit Euch passiert?", erkundigte sich der Weihnachtsmann entsetzt.

Jammernd riefen die Alpakas: „Wir haben alle eine vierpfötige Sehnenentzündung vom vielen Kartenspielen. Wir dürfen daher dieses Jahr den Weihnachtsschlitten nicht ziehen!"

Schockiert zuckte der Weihnachtsmann zusammen. „Gibt es noch irgendeine Chance Weihnachten zu retten?", überlegte er.

## Vertretung

Als Vertretung versuchte er wie schon einmal die Zwergangora-
häschen zu buchen. Doch der Schnee lag inzwischen so hoch, dass
noch nicht mal deren Löffelöhrchen zu sehen waren. Auch der Osterhase konnte dieses Jahr nicht helfen, da dieser von zu viel Möhren-
kuchen mit schwerer Magenverstimmung im Bett lag. Doch was
tun? Denn eines musste bedacht werden: Für die riesige Weihnachtstournee brauchte es einen kräftigen Helfer. Da fiel ihm die perfekte
Aushilfe ein! Auf dem Hof lebte ja der Tyrannosaurus Rex! Dem
machte der meterhohe Schnee nichts aus! Sofort eilte der Weihnachtsmann zu ihm, lieh diesem viel zu kleine Weihnachtskleidung von
sich selber aus und schon konnte es losgehen. Oder doch nicht…

Denn wie den Tyrannosaurus Rex vor den Schlitten spannen? Hingen
die Zügel am Hals des Sauriers, saß der Schlitten auf dessen Rücken.
Hingen die Zügel an den Saurierfüßen, so bewegte sich der Schlitten
extrem ruckartig voran. Der arme Weihnachtsmann wurde seekrank
davon.

## Es geht los!

Die einzige erträgliche Möglichkeit lag darin, dem Saurier eine extra große Weihnachtsmütze zu geben und mit den Geschenken darunter zu sitzen. Etwas stickig, aber besser als die anderen Lösungen.

Der Weihnachtsmann liebte es, die Kinder zu überraschen, indem er plötzlich durch den Kamin rutschte. Dieses Jahr gelang es ihm leider nicht. Viele Kamine stürzten durch die Erschütterung des Saurierstampfens ein. Selbst die wenigen Kamine, die nicht einstürzten, nutzten dem Weihnachtsmann nichts, da alle Hausbewohner den Saurier draußen anstarrten.

Seufzend ging der Weihnachtsmann seiner Arbeit nach. Doch der Saurier besaß auch einen Vorteil: Niemand hielt wie sonst üblich den Weihnachtsmann in den Wohnungen auf. Dadurch kam er viel früher als sonst nach Hause, wo der arme Weihnachtsmann seine Frau erwischte, die mit den Alpakas Karten spielte. Empört rief er: „He! Ich dachte Ihr müsst Eure Pfoten wegen Sehnenentzündung schonen!"
    Daraufhin kicherten die Alpakas vergnügt: „April, April!"

# Der Weihnachtsbaum

Im folgenden Jahr beschloss Kleckselinchen in der Vorweihnachts-zeit, dass ihr Hofcafé in weihnachtlichem Glanz erstrahlen müsse. Doch wie dies bewerkstelligen? „Ach, natürlich" murmelte sie. „Was ich brauche, ist ein Weihnachtsbaum." Schon schwang sie elanvoll den Zauberstab, um einen Tannenbaum herbei zu zaubern. Leider gelang es ihr nicht. Stattdessen erschien ein besonders erboster Waldtroll. Als es Kleckselinchen endlich gelang, ihn zu vertreiben, beschloss sie, lieber ein weihnachtliches Essen zu zaubern. Nichts strahlte so viel Weihnachtsstimmung aus, wie ein weihnachtlicher Festschmaus. Voller ungerechtfertigtem Selbst-vertrauen rief die Hexe die erforderlichen Zaubersprüche. Es erschien tatsächlich ein Festessen. Leider ein Osterlamm, oh weh! So blieb der armen Hexe nicht anderes übrig, als selber Weihnachtskekse zu backen und nachts mir der Axt einen armen Tannenbaum im Wald zu erlegen. Merke: Hexen habe es an Weihnachten sehr schwer.

# Einladung

Ninvy seufzte: „Ach, hoffentlich vergisst der Weihnachtsmann mich dieses Jahr nicht. Ich bin ja nur eine kleine Fee."

Ihre Schwester meinte: „Der Weihnachtsmann vergisst niemals jemand. Andererseits kommt er nur zu braven Mädchen wie mir."

„Was? Du meinst, ich kriege vielleicht keine Geschenke? Was soll ich nur tun, um nicht übergangen zu werden?"

„Schmeichle Dich einfach bei ihm ein. Ich habe ihn schon oft in der Nähe des Hofes spazieren gehen sehen", schlug Kleckselinchen vor.

„Aber wie erkenne ich ihn?", wollte Ninvy hilflos wissen.

„Ganz einfach" belehrte sie ihre Schwester: „Rote Zipfelmütze und langer Bart."

Nach diesem Hinweis stürzte Ninvy sofort hinaus. Zuerst redete die Arme in ihrer Aufregung den verblüffte Sir Ralphus voll, bevor sie ihn am klappernden Gebiss erkannte. Rot vor Scham lief die Fee weiter! Wie peinlich! Dabei kannte sie Sir Ralphus doch schon so lange. Jetzt mehr Konzentration! Die Suche verlief nicht ereignislos. Freudig kam die Fee ins Cafe und rief: „Kleckselinchen! Bereite leckeres Essen vor! Ich habe den Weihnachtsmann zum Mittagessen eingeladen."

Vor sich hinmurrend bereitete die Hexe für den Weihnachtsmann und ihre Schwester das Essen vor, obwohl sie sowieso gerade mehr als genug Arbeit hatte. Da erschien Ninvy strahlend mit dem Gast in der Küche: „Da ist der liebe Weihnachtmann!"

Tief verärgert brummt die Hexe: „Weißt Du noch immer nicht, wie der Weihnachtsmann aussieht?"

Verblüfft erwiderte die Fee: „Natürlich! Du hast es mir doch erklärt: rote Zipfelmütze und Bart."

„Richtig. Aber ich habe Dir nicht gesagt, dass er ein Zwerg ist. Dies hier ist nicht der Weihnachtmann, sondern Graubart, der Chef der Zwerge!"

Wie peinlich! Die arme Fee überlegte: „Wer hätte gedacht, dass der Weihnachtsmann wie Filmschauspieler ein Double hat? Sowas aber auch!"

## Vorweihnachtsfeiern

Wenige Tage vor Weihnachten nahm die Arbeit kräftig zu. Von überall her reisten Gäste an, um im Hofcafé mit ihren Freunden eine Art Vorweihnachtsfeier zu machen. Sogar Betriebsausflüge fanden statt. Dem armen Kleckselinchen wuchs die ganze Sache natürlich immer mehr über den Kopf. Einem auf Diät gesetzten Gast brachte sie statt Salat eine Kirschtorte, was diesen Gast sehr freute. Die Damengruppe, die zu Kaffee und Kuchen zu Besuch kam, begeisterte sich über die Salatteller wesentlich weniger.

An einem der größten Tische feierte die Belegschaft einer Firma ihr Vorweihnachtsfest. Ständig lief die arme Hexe mit Getränken zu ihnen. Stets mit dem Gefühl: „Du hast was vergessen." Aber was? Sie schaute den Bestellzettel nach. Alle Bestellungen waren korrekt ausgeführt.

Da rief jemand zu ihr herüber: „Haben Sie den Rehbraten vergessen, den wir vorbestellten?"

„Ach, das sind doch diese Leute, die jedes Jahr Wildbraten wollen!", schoss es ihr durch den Kopf. Spontan erwiderte sie: „Natürlich habe ich es nicht vergessen. Das Rehfleisch ist doch schon auf Ihrem Tisch!" Bevor die Gäste auf die Mitte ihres Tisches schauen konnten, zauberte die Hexe: „Wild frisch auf den Tisch!" Und „Plopp!" erschien es auch. Leider hätte Kleckselinchen bei ihrem Zauber das gebratene Reh betonen sollen. So erschien stattdessen auf dem Tisch ein lebendes Wildschwein mit sehr rüdem Verhalten.

Obwohl diese Besucher jedes Jahr Wildtiere bestellten, freuten sie sich seltsamerweise gar nicht. Warum wohl? Denn eigentlich hätten sie dankbar sein sollen: Noch frischeres Wild kam nirgends auf den Tisch!

## Das Arbeitsessen

Wie jedes Jahr Mitte Dezember trafen sich im Hofcafé Weihnachtsmann, Nikolaus und Osterhase. Der Erfahrungsaustausch bei diesen Treffen diente der Fortbildung. Etwa wo sie sich besonders schöne Geschenke für Kinder besorgen konnten, was für Präsente derzeit modern waren usw. Der Dialog lohnte sich also für alle drei. Wobei es natürlich auch immer etwas peinliche Stellen gab, wenn jemand sich zu sehr auf sein eigenes Fachgebiet zurückzog. Etwa: „Die schönsten Ostereier zum Verschenken könnt Ihr hier auf dem Hof kaufen, bevor Ihr sie dann am Nikolaustag oder Weihnachten bemalt verschenkt." Fachleute neigen leider oft dazu, andere Gesprächspartner zu langweilen.

Während der Osterhase seine zahlreichen Möhrentorten nagte, gönnten sich Nikolaus und Weihnachtsmann frische Weihnachtskekse. Zufriedene Mampfgeräusche erklangen von ihrem Tisch, von kleinen Rülpsern unterbrochen.

## Fachliteratur

Nach einer Weile kam die Frage auf, welche Fachliteratur sich für Profis wie sie am besten eignete.

Der Nikolaus erklärte: „Die lehrreichsten und witzigsten Fachbücher sind: >Die Alpakas vom Nikolaus< und >Der Nikolaus und sein Alpaka auf Tournee<."

„Ach, was", erwiderte der Weihnachtsmann. „Das sagst Du nur, weil Du selber darin vorkommst. Wer völlig neutral urteilt wie ich, findet andere Bücher von Neubohn am lustigsten. >Weihnachten mit dem literarischen Kleeblatt<, >Weihnachten und Silvester mit Flammenfeder<, >Die Bettsocken vom Weihnachtsmann<, >Silvester und Weihnachtsmarkt geben sich die Ehre< und >Weihnachten mit Alpaka, Lama und der schussligen Hexe< sind die besten Bücher. Alle sehr lesenswert."

„Von wegen Du bist neutral", murrte der Osterhase und trat den Weihnachtsmann aufs Schienbein. „Das allerbeste Buch ist natürlich >Applaus für Alpaka und Osterhase<."

Plötzlich piepste eine Stimme protestierend: „Das allerwitzigste Weihnachtsbuch ist >Geheimnisvolle Weihnachten mit Hexe, Drache und schüchterner Fee<."

Die anderen wollten ihre Lieblingsbücher in Schutz nehmen, als dem aufgeregten Drachen ein Feuerstrahl entfuhr, der den Tisch schwer anbrannte. Seltsamerweise änderten sie plötzlich ihre Meinung und sprachen beruhigend: „Am lesenswertesten sind natürlich alle Bücher mit dem lieben Drachen."

Daraufhin erscholl ein empörter Ruf: „Und was ist mit uns?" Vorwurfsvoll blickte die Tischrunde Alpakalinle, Larylinchen, den Panda, die Hexe, die Fee und Sir Ralphus an. Merke: Das allerschönste Buch ist stets jenes, in dem man selber vorkommt.

## Überraschungsgäste

Bekanntlich sind die Tage vor Weihnachten besonders ereignisreich. Dazu stecken sie auch noch voller Überraschungen. Auch unsere liebste Hexe ließ eines Tages vor Verblüffung den Mund weit aufstehen. Es begann alles ganz harmlos, wie in solchen Fällen üblich. Ein kratzendes Geräusch erklang an der Tür. Wollten vielleicht Kinder hereinkommen, welche die Türklinke nicht erreichten? Oder besonders kleine Tiere, wie etwa der Drache Qualmchen? Klexselinchen öffnete die Tür und sah … nichts! Erlaubte sich jemand mit ihr einen Spaß? Verärgert schloss die Hexe die Tür wieder. Sofort erklang das Kratzen wieder. Schärfte eine Katze ihre Krallen an der Tür? Die Hexe öffnete wieder mit einem Ruck und sah … wieder nichts!

Plötzlich erklang von weit unten eine empörte Stimme: „Geht man so mit Gästen um, die im Voraus etwas Weihnachten feiern wollen?"

Erst jetzt bemerkte unsere Cafébesitzerin Graubart und seine Zwerge. „Kommt doch herein", lud sie die Zwerge ein. Als die Zwerge besorgt unter den Stühlen standen, rutschte es ihr leider heraus: „Keine Angst, ich hole Euch Kindersitze."

„Was? Kindersitze? Willst Du uns beleidigen?"

Klexselinchen errötete: „Ich wollte sagen: Ich hole Euch Zwergenstühle, auf denen könnt Ihr bequem sitzen. Diese Stühle sind speziell für kleine Ki… äh, Zwerge." Als die Zwerge später auf ihren speziellen Stühlen fröhlich feierten, dachte sie sich: „Uff, gerade nochmal gut gegangen. Ich sollte öfters daran denken, wie empfindlich Kunden häufig sind."

## Passende Geschenke

Bekanntlich hielt sich Kleckselinchen für eine perfekte Hexe. Zu ihren laufenden katastrophalen Zaubersprüchen meinte sie nur: „Kleine, unbedeutende Missgeschicke können jedem einmal passieren."

Eines Abends beschloss sie daher übertrieben zuversichtlich: „Für meine Gäste zaubere ich heute schöne Weihnachtsgeschenke. Aber was könnte allen gefallen? Die Geschmäcker sind ja so unterschiedlich. Ah, ich habe es! Jeder bekommt ein zu ihm passendes Geschenk!" Leise murmelte sie selbstzufrieden einen Zauberspruch für den zum jeweiligen Charakter entsprechenden Geschenken. Tatsächlich bekam jeder Gast eine Gabe, die zu ihm passte. Berta Babbelbergle erhielt ein dummes Huhn, Ludwig P. Lesi-Les einen eitlen Pfau,. Diese beiden gehörten zu den glücklicheren Gästen. Andere erhielten zutreffend zu ihrem Charakter: Schweine, Hunde, Affen, Schlangen und Ratten.

Es braucht wohl kaum darauf hingewiesen werden, dass keiner der Gäste sein Geschenk zu schätzen wusste. Glücklicherweise waren keine anderen Hofbewohner anwesend, das hätte der weiteren Zusammenarbeit sicherlich geschadet. Was Kleckselinchen selber bekam? Darüber schweigt milde des Berichterstatters Höflichkeit. Aber erwartungsgemäß fand auch sie ihr eigenes Geschenk ungerechtfertigt, alle anderen fanden es ideal für sie.

## Die schreckliche Tat

Das Alpaka Alpakalinle weilte zu Besuch beim Weihnachtsmann. Gemeinsam dösten sie einträchtig nebeneinander vor einem großen Kamin. Das Feuer strahlte Wärme und Behaglichkeit aus. Nichts konnte entspannender sein.

Schnüffelnd wachten beide plötzlich auf. Wonach roch es auf einmal so gut? Frisch gebackene Weihnachtsplätzchen! Leise schlichen sie zur Küchentür, linsten vorsichtig durch einen Türspalt. Die Weihnachtsfrau bereitete schon das Essen für den morgigen Weihnachtsabend vor. Die Beobachter lauerten hungrig auf ihre Chance. Als die Weihnachtsfrau in die Speisekammer ging, griffen die beiden im wörtlichen Sinne zu.

Den Mund voller Plätzchen wurden sie von der Weihnachtsfrau ertappt: „Aha, Ihr Schleckergöschle! Was fällt Euch ein?"

Den Mund voller Plätzchen nuschelte der Weihnachtsmann: „Woher willst Du wissen, dass wir ein ganz klein wenig probieren wollten? Du hast keine Beweise!"

Die Weihnachtsfrau schaute kommentarlos den vollgekrümelten Mantel des Weihnachtsmannes an und erwiderte nur: „Du hast jetzt drei Tage Stubenarrest."

„Aber morgen ist doch Weihnachten!"

„Das ist mir egal. Strafe muss sein!"

Oh, je. Der arme Weihnachtsmann!

## Was jetzt?

Auf dem Hof zurückgekehrt berichtete das Alpaka den völlig geschockten Hofbewohnern, dass dieses Jahr Weihnachten wegen des Stubenarrestes des Weihnachtsmanns ausfiel. Es herrschte eine große Enttäuschung. Alle hatten sich schon so auf Weihnachten gefreut! Bestand vielleicht die Chance Weihnachten doch noch irgendwie zu retten?

„Wir befreien den Weihnachtsmann aus seinem Stubenarrest", schlug Lama Larrylinchen vor.

„Ich zaubere ihn einfach hierher", meinte die schusslige Hexe.

„Lieber nicht!", entfuhr es dem Zauberer Sir Ralphus. Er kannte die katastrophalen Pannen bei den Zauberversuchen der jungen Hexe.

Der Panda quietschte aufgeregt: „Aber irgendwie muss doch das Weihnachtsfest gerettet werden! All das leckere Naschen wartet doch nur darauf, von uns verschlungen zu werden! Ihr könnt doch das arme, auf Euch wartende Essen nicht enttäuschen!"

Eine Argumentation, die vom genäschigen Drachen Qualmchen kommen könnte. Trotz seiner Kleinheit war sein Hunger riesig! Doch wie nun Weihnachten retten? Gab es überhaupt eine Möglichkeit?

## Die geniale Idee

Kleckselinchens Schwester, die Fee, schlug vor: „Warum fliegt Ihr nicht wie schon einmal mit einer alten Droschke vom Hof zu den Kindern dieser Welt, um ihnen die Geschenke zu bringen?"

Entsetzt zuckten die anderen zurück. Sie erinnerten sich noch zu deutlich an jenes Weihnachtsjahr.

„Auf keinen Fall!", schoss es der armen Fee entgegen. „Außerdem gibt es inzwischen so viele Menschen auf der Welt, dass wir es mit einer fliegenden Droschke nicht mehr schaffen. Die Zeit ist zu knapp!"

Alpakalinle stellte fest: „Es gibt nur eine Art, es zu schaffen! Wir müssen uns teilen. Jeder von uns verkleidet sich mit einem Bart als Weihnachtsmann und bringt in einer anderen Gegend die Geschenke. Die Zipfelmützen werden wir zusammen mit den Geschenken im Weihnachtsschloss abholen, sobald uns der Weihnachtsmann als Weihnachtsvertretung ernannte!"
Welch ein genialer Plan!

# Merkwürdige Weihnachten

Für die Menschen startete am nächsten Tag das seltsamste Weihnachten aller Zeiten. Äußerst merkwürdige Weihnachtsmänner brachten mehr oder weniger gut verkleidet die Geschenke. Zu vielen Kindern kam der Weihnachtspanda durch den Kamin geschlichen. Dieser brachte viele angeknabberte Süßigkeiten. Oh, welch ein Schlingel!

Die Weihnachtshexe flog im Sturzflug an den Häusern vorbei. Dabei ließ Kleckselinchen viele Geschenke an Fallschirmen herabsegeln. Gelegentlich stürzte das arme Mädchen auch ab, verletzte sich aber im hohen Schnee zum Glück nicht. Mit großem Bart versehen, hoppelte der Weihnachts-Osterhase durch die Gärten. Dabei thronte verwegen auf seinen Löffelöhrchen eine Zipfelmütze. Dieser scharfe Hase brachte Weihnachtseier bemalt mit Schneemännern.

Wer wirklich Pech hatte, dem verehrte der Weihnachtsdrache angebrannte Geschenke. Denn vor Aufregung spie Qualmchen laufend Feuer, leider auch auf die Weihnachtsgaben. Der uralte Sir Ralphus kam mit seinem Weihnachtsrollator zu den Kindern und krächzte zahnlos: „Zahlen oder Qualen!" Leider verwechselte der Zauberer Weihnachten mit Halloween. Armer, alter Mann!
In anderen Gegenden galoppierten Weihnachtslama und Weihnachtsalpaka im Fluge an den Häusern vorbei und warfen in rasantem Tempo die Geschenke in die Gärten.

## Dramatischer Weihnachtsausklang

Bei manchen Menschen läutete eine extrem schüchterne Weihnachts-fee an der Tür. Diese wisperte verlegen von einem Fuß auf den anderen tretend: „Hier – ist – Dein – Weihnachtsgeschenk." Eiligst floh die Weihnachtsfee danach tief errötend ins schützende Dunkel zurück.

Manches Kind sagte später zu seinen völlig ahnungslosen Eltern: „Den Weihnachtsmann habe ich mir ganz anders vorgestellt." Bei Kindern die verkohlte oder angenagte Geschenke erhielten, hieß es noch ergänzend: „Auch die Geschenke habe ich mir ganz anders vorgestellt. Vor allem in viel besseren Zustand!"
Seufzend sah die leidgeprüfte Weihnachtsfrau dies alles in ihrem Eiskristall. „Ich hätte Hubert doch keinen Stubenarrest geben sollen. Die armen Menschen! Welch ein Weihnachten! Doch trotz ihrer Ungeschicklichkeit haben die tapferen Vertreter eine Belohnung verdient. Hm, was wäre wohl angemessen?"

Als unsere Freunde müde heimkehrten, schwebten zahlreiche Weih-nachtsbäume langsam auf die Erde nieder. Jeder erhielt seinen eigenen Baum, an dem seine Geschenke hingen. Sir Ralphus erhielt ein neues Gebiss, eine bessere Perücke und einen Jogging-Rollator. Qualmchen einen Weihnachtsbaum voller Brathähnchen. Kleckse-linchen erfreute sich an vielen Ersatzzauberstäben und sehr nützlichen Ersatzzauberbüchern. Dies brauchte sie alles sehr, da die Hexe stets alles verlor. Die Fee entdeckte beglückt einen unsichtbar machenden Zauberumhang, für sehr scheue Feen eine ideale Gabe.

Der Panda erhielt so viel Schokolade, dass er sich tagelang darin wälzen konnte.

Alpakalinle und Larrylinchen freuten sich über Weihnachtsbäume voller Haferplätzchen. Welch wunderschönes Weihnachten! Da blieb kein Wunsch übrig, außer: Frohe Weihnachten allerseits!

## Weihnachtsvorbereitungen bei der Fee

Das Alpaka Alpakalinle beschloss, Anfang Dezember des folgenden Jahres seine Freunde vom Hof zu besuchen. Bei leichtem Schneefall trabte es zuerst zu der äußerst scheuen Fee. Diese errötete verlegen, als das Alpaka hereinschaute. „Was machst Du denn da Ninvy?", erkundigte es sich. „Strickst Du einen besonders langen Schal? Bei dem Wetter ist das eine sehr gute Idee."

Die Fee errötete noch mehr. Sie sprach: „Dies wird kein Schal, sondern die Socken für meine Weihnachtsgeschenke. Findest Du etwa, die werden ein kleines bisschen zu lang? Ich will ja nicht versehentlich gierig wirken", flüsterte Ninvy verlegen.

„Naja, ich will ja nichts sagen. Aber ich schätze, bisher ist die erste Socke schon mindestens zwei Meter lang. Ich hoffe, der Weihnachtsmann hat überhaupt so viele Geschenke für Dich, um zwei so große Socken damit zu füllen. Tschüss, Ninvy, ich muss weiter!"

## Vorbereitungen bei Sir Ralphus

Bei dem alten Zauberer Sir Ralphus angekommen, staunte unser liebstes Alpaka noch mehr. Die ganze Wohnung von Sir Ralphus wimmelte von Bildern des Zauberers. Zusätzlich standen überall kleine Figuren von Sir Ralphus herum. „Willkommen Alpakalinle. Wie findest Du meine Dekoration? Passend?"

Alpakalinle räusperte sich sehr verlegen: „Naja, ehrlich gesagt ist bald Weihnachten. Ninvy strickt dafür schon einen sehr großen Schal, ich meine, einen langen Socken. Das hat ja mit Weihnachten zu tun. Aber warum ist Deine Wohnung mit Bildern von Dir selber gepflastert?"

Erstaunt rief der arme Zauberer: „Bilder von mir? Siehst Du nicht, dass darauf der Weihnachtsmann ist? Der ist doch viel älter als ich!"

„Ach, so. Der Weihnachtsmann. Ja, tatsächlich. Jetzt sehe ich es auch ganz deutlich! Ich dachte zuerst, Du seist es in Deinem üblichen Bademantel." Während das Alpaka weiter trabte, überlegte es sich: „Ob wirklich der Weihnachtsmann älter als der Zauberer ist? Eigentlich sieht Sir Ralphus viel greisenhafter aus."

## Beim Lama

Im Stall des Lamas Larrylinchen wunderte sich das Alpaka noch mehr, überall hingen Mohrrüben. Im ganzen Stall hing sozusagen der Himmel voller Mohrrüben. „Oh, heilige Mohrrübe, was soll denn das? Draußen schneit es und Du willst offensichtlich Ostern feiern?", erkundigte sich Alpakalinle.

Verärgert wies das Lama darauf hin: „Nein, natürlich nicht. Ich weiß, welche Jahreszeit es ist. Aber wie allgemein bekannt ist: Die Mohrrübe ist das bekannteste Weihnachtssymbol, schon seit Jahrhunderten."

„Die Mohrrübe?", entfuhr es dem verblüfften Alpaka. „Wieso denn das?"

Larrylinchen erklärte von oben herab: „Wie es schon der Lehrer meiner Lamaschule richtig sagte, kommt jedes Jahr der Weihnachtsmann auf seiner von Lamas gezogenen Riesenmohrrübe angeflogen und bringt allen braven Lamas - also vor allem mir – viele Geschenke."

„Du liebe, heilige Mohrrübe!", hauchte das Alpaka seufzend.

# Im Hexenhaus

Den Abschluss der Runde machte das Hexenhäuschen von Kleckse-linchen, bei der im Winter auch der Panda wohnte. Die ganze Wohnung wimmelte von Kürbissen! Alpakalinle konnte es gar nicht fassen. „Warum Kürbisse?", fragte das Alpaka äußerst erstaunt.

„Na, hör mal", erwiderte die junge Hexe vorwurfsvoll. „Erinnere Dich mal an unsere Halloween-Bücher! Zu Halloween gibt es immer Kürbisse!"

„Halloween? Wieso Halloween? Wir haben jetzt Anfang Dezember!"

„Das ist doch nicht möglich!", rief die schusslige Hexe entsetzt. „Habe ich etwa ausnahmsweise vergessen, Kalenderblätter abzureißen? So was aber auch!"

Alpakalinle kommentierte die übliche Schussligkeit der Hexe lieber nicht.

Der Panda fragte das Alpaka: „Hast Du denn schon Weihnachts-vorbereitungen getroffen?"

„Ja, klar", trumpfte das Alpaka auf. „Ich habe vor kurzem mein neuestes Weihnachtsbuch geschrieben. Es heißt >Geheimnisvolle Weihnachten mit Hexe, Drache und schüchterner Fee<."

Kleckselinchen meinte: „Ich bin ja völlig unparteiisch, aber ich finde, in dem ansonsten sehr guten Buch ist ein großer Fehler."

„So, welcher denn?", wollte das Alpaka wissen.

„Du schreibst darin unter dem Pseudonym Ralf Neubohn, ich sei schusslig. Das stimmt überhaupt nicht!" Während des Laufens durch die Wohnung stolperte die Hexe über den kleinen Drachen Qualmchen, der schlafend im Weg lag. Um ein Haar wäre sie auf die Weihnachtstorte gefallen, was für alle einfach entsetzlich gewesen wäre. Doch zur großen Erleichterung aller fiel sie nur in den sehr staubigen Kohlehaufen. Welch ein großes Glück!

## Spannung!

Einerseits freuten sich die Hofbewohner sehr auf Weihnachten. Andererseits schauten viele von ihnen sehr besorgt drein. Denn in den letzten Jahren gab es doch viele große Gefahren am 24.12. Wie die geneigten Leser sich noch erinnern werden, fiel einmal Weihnachten um ein Haar aus, weil ein geheimnisvoller Verbrecher den Weihnachtsmann nur gegen ein Lösegeld von 50000 frischen Brathähnchen hergeben wollte, wie im Buch >Geheimnisvolle Weihnachten mit Hexe, Drache und schüchterner Fee< berichtet wurde.

Ein anderes Mal musste der arme Weihnachtsmann in Kur. Weihnachten konnte nur durch die äußerst tatkräftige Hilfe der Hofbewohner gerettet werden, die dabei in einer uralten Droschke in großen Gefahren schwebten. Nicht erst sei diesen Ereignissen, liebte der Weihnachtsmann diese magischen Chaoten sehr. Er fand sie treffenderweise bezaubernd süß.

## Der Weihnachtsmann

Der Weihnachtsmann besuchte seinen Freund den Osterhasen und schmunzelte vergnügt: „Kommst Du heute mit auf Tour? Zum Abschluss der Bescherung gehe ich zu dem Hof mit den verrückten Freaks. Die habe ich einfach lieb, weil die alle so ungewöhnlich sind." Neugierig kam der Osterhase mit zur Weihnachtstour. Was es wohl zu erleben gab? Wie verrückt waren denn die Weihnachtsfreaks wirklich? Viel verrückter, als es sich der Osterhase jemals hätte ausmalen können.

Entsetzt schrie er: „Oh, nein! Eine riesige Boa! Diese gefräßige Schlange liebt Hasen als Snack!"

„Beruhige Dich. Dies ist nur die Weihnachtssocke von Ninvy. Hm, dürfte knapp zwei Meter groß sein. Ist das vielleicht eine taube Nuss. Aber irgendwie süß. Ich weiß, was wir machen. Hi, hi, hi!"

Ninvy fand in dem großen Socken einen sehr kleinen Socken, auf dem genäht stand: „Du süßer Kindskopf." Dazu lagen ein paar hohle Nüsse bei.

## Bescherung beim Zauberer

„Hm, hm, alter Schmeichler", brummte der Weihnachtsmann in seinen Bart, als er die vielen Bilder von sich selber sah. „Ah, ich weiß was!", kichernd machte er sich unter kräftigem Beifall des Osterhasen an die Arbeit.

Später kam Sir Ralphus mit dem Kamel des Hofes ins Wohnzimmer. „Meinst Du auch, dass die Bilder mir sehr ähneln? Alpakalinle hielt sie für Fotos von mir, statt vom Weihnachtsmann."

Das Kamel schaute sich aufmerksam alle Bilder an und sprach entschuldigend „Tut mir leid, Alpakalinle hat vollkommen recht. Alle Bilder ähneln Dir unglaublich."

Sir Ralphus blickte sich um. Der Weihnachtsmann hatte alle Fotos von sich rausgetan und Fotos vom Osterhasen eingefügt! Und das sollte ihm ähneln? Der Mohrrüben nagende Osterhase? Eine schöne Bescherung!

## Der Möhrenhimmel

Zum ersten Mal zeigte der Osterhase große Begeisterung: „Diese Lamas sind alle gleich! Das ist doch stets die allerbeste Dekoration! Ich muss unbedingt eine davon probieren!"

„Von wegen eine", brummte der Weihnachtsmann. „Du hast alle Mohrrüben abgenagt. Es sind nur noch Stümpfe übrig."

Als Larrylinchen in seinen Stall kam, entfuhr es ihm ganz fassungslos: „Sowas, der Weihnachtsmann hat alle meine Mohrrüben abgenagt! Der ist ja noch gefräßiger als Qualmchen! Mal sehen, was er mir als Weihnachtsgeschenk dagelassen hat. Nanu? Einen Osterhasen aus Schokolade? Warum das? Seltsam, es ist doch nicht Ostern!"

Kichernd standen Osterhase und Weihnachtsmann am Fenster und eilten zu Kleckselinchen weiter.

## Die arme Hexe

„Jetzt kommen wir zum schussligsten Mädchen, das ich kenne",
freute sich der Weihnachtmann schon im Voraus. „Mal sehen, was
sie wieder angestellt hat! Verschmorte Weihnachtskarpfen? Oder
eine Weihnachtsgans die sich nicht fangen lässt? Es ist bei ihr alles
möglich! Das macht es so spannend!" Nachdenklich besahen sie sich
die Halloweendekoration. „Die ist ja noch schussliger, als ich dachte",
entfuhr es dem Weihnachtsmann ungläubig.

Tatsächlich hatte Kleckselinchen es doch glatt vergessen, rechtzeitig
die Halloweendekoration mit einem Tannenbaum zu vertauschen.
Typisch Kleckselinchen!

„Wie nehmen wir die auf den Arm?", wollte der Osterhase wissen.
Als zur Bescherung Hexe, Panda und Drache hereinkamen, fanden
sie ein drei Meter großes Kalenderblatt mit „24. Dezember – NICHT
31. Oktober" drauf. Oh, welche Enttäuschung! So ein trauriges Weihnachten für alle.

## Das Alpaka

Außer für das Alpaka. Denn dessen Weihnachtsbücher las der Weihnachtsmann jedes Jahr mit großer Begeisterung, weil darin ihre gemeinsamen Abenteuer vorkamen, wie z.B. bei: >Weihnachten mit Alpaka, Lama und der schussligen Hexe<. Der Weihnachtsmann stellte eine extra große Schreibmaschine auf den Tisch des Alpakas. Eine, mit der leichter vierpfötig geschrieben werden konnte. Abends trafen sich die Hofbewohner unter dem großen Tannenbaum auf der Hofweide. Die meisten schluchzten traurig: „Keine Geschenke! Dabei haben wir uns so viel Mühe mit der Weihnachtsdekoration in unseren Wohnungen gemacht!" Fiel tatsächlich Weihnachten für die Armen aus? Wie schade! Der Drache zeigte auf eine Spur neonstrahlender Ostereier, die wie bei einer Schnitzeljagd aus dem Hof führten. Was bedeutet das nun wieder?

## Die heiße Spur

Die Spur führte am See vorbei zum Hexenhaus. Von dort tiefer in den dunklen Wald hinein. Wohin bloß? Gab es eine Weihnachtsüberraschung im kalten, verschneiten Wald? Nein, die Spur führte in Qualmchens Drachenhöhle. Worüber dieser sich selbst am meisten wunderte. Im größten Raum der Höhle angekommen, entdeckten sie freudig jauchzend ihre echten Weihnachtsgeschenke. „Frohe Weihnachten" schallte es ihnen entgegen. Weihnachtmann, Osterhase, Merlin, Graubart und seine Zwerge erwarteten unsere Freunde strahlend. Unter großem Jubel fand eines der schönsten Weihnachtsfeste aller Zeiten statt. Hoffentlich erleben auch Sie, liebe Leser, ein schönes Weihnachtsfest. Frohe Weihnachten!

**Empfehlung**

Liebe Leser/innen,

ich hoffe, Sie hatten viel Freude an diesem Weihnachtsbuch.

Wenn Sie weitere heitere Weihnachts- bzw. Nikolausbücher von mir bzw. von mir und meiner Frau lesen möchten, so gibt es noch:

„Weihnachten mit Alpaka, Lama und der schussligen Hexe"

„Geheimnisvolle Weihnachten mit Hexe, Drache und schüchterner Fee"

„Die Alpakas vom Nikolaus"

„Der Nikolaus und sein Alpaka auf Tournee"

„Weihnachten mit dem literarischen Kleeblatt"

„Weihnachten und Silvester mit Flammenfeder"

„Die Bettsocken vom Weihnachtsmann"

„Silvester und Weihnachtsmarkt geben sich die Ehre"

Viel Spaß beim selber Lesen, oder beim zu Weihnachten Weiterverschenken!

# Ralf und Carmen Neubohn

## Ausklang

Es gibt viele schöne Tierhöfe. Besuchen Sie doch mal wieder einen. Viele liebe Tiere warten dort auf Sie! Dazu viel Abwechslung und frische Luft!

Und wer weiß? Vielleicht besuchen Sie zufällig den Hof, auf welchem unsere Freunde leben! Wenn dem so ist, so richten Sie diesen bitte liebe Grüße von uns aus. Danke!

Da wir selber auch oft dort sind, treffen wir uns mit ein bisschen Glück dort alle. Die Tiere, die Leser und die Autoren.

Es wäre schön!

Liebe Leser/innen,

für heute enden die Abenteuer der Bewohner des magischen Hofes. Da sich dort aber laufend aufregend Neues ereignet, wird die Reihe bald fortgesetzt.

Wer die bisherigen Abenteuer der vielen Hofbewohner lesen, will, kann dies in den bereits erschienenen Bänden der Lama-Alpaka Reihe tun.

Die Bewohner des magischen Hofes verabschieden sich für heute und rufen Ihnen herzlich zu: „Frohe Weihnachten, ein gutes, neues Jahr und bis bald!"

**Bücher von Ralf Neubohn:**

**Lama und Alpaka Reihe:**

„Weihnachten mit Alpaka, Lama und der schussligen Hexe"

„Zauberhafte Ferien mit Alpaka und Lama"

„Der magische Hof, der Drache und die schusslige Hexe"

„Magische Stippvisite vom Drachen und der Hexe"

„Hof-Gala für Fee, Einhorn und Kamel"

„Geheimnisvolle Weihnachten mit Hexe, Drache und schüchterner Fee"

„Magische Reisen mit schussliger Hexe und schüchterner Fee"

„Weihnachtszauber im magisch-chaotischen Hofcafé der Hexe"

**Alpaka Reihe:**

„Die Alpakas vom Nikolaus"

„Der Nikolaus und sein Alpaka auf Tournee"

„Applaus für Alpaka und Osterhase"

„Das Comeback des geheimnisvollen Alpakas"

„Premieren-Abend mit Alpaka und Phönix"

„Halloween, Drache und Alpaka im Scheinwerferlicht"

„Das magische Alpaka und der Drache"

## Gedichte

„Hier und Jetzt"

„Frisch gewagt"

## Gedichte und Kurzgeschichten

„Die zauberhaften Altbohns"

## Bücher mit schwarzen Humor Gedichten

„Die Gartenschau-Morde"

„Tod auf dem Kaktus"

„Neues vom 1. April"

**Kurzkrimis**

„Mörderisch gut"

**Gartenschau Trilogie**

„Flammenfeder live von der Gartenschau"

„Gartenschau Phantasie"

„Herzlich willkommen Gartenschau"

„Galaabend für die Gartenschau"

„Abschiedsvorstellung für die Gartenschau"

„Die Gartenschau-Morde"

„Tod auf dem Kaktus"

„Neues vom 1. April"

„Gartenschau Magie"

„Die Gartenschau im Rampenlicht"

## Heiteres aus dem Autorenleben

„Im Tal der Autoren"

„Alle Autoren an Bord"

„Terry ein Schotte in Schwaben"

„Die zauberhaften Altbohns"

## Science Fiction/ Fantasy

„Sam Space"

„Premieren-Abend mit Alpaka und Phönix"

„Halloween, Drache und Alpaka im Scheinwerferlicht"

„Das magische Alpaka und der Drache"

„Weihnachten mit Alpaka, Lama und der schussligen Hexe"

„Der magische Hof, der Drache und die schusslige Hexe"

„Magische Stippvisite vom Drachen und der Hexe"

„Hof-Gala für Fee, Einhorn und Kamel"

„Geheimnisvolle Weihnachten mit Hexe, Drache und schüchterner Fee"

„Magische Reisen mit schussliger Hexe und schüchterner Fee"

„Weihnachtszauber im magisch-chaotischen Hofcafé der Hexe"

**Jahresfeste**

„Weihnachten mit dem literarischen Kleeblatt"

„Auf der Suche nach dem verlorenen Osterei"

„Weihnachten und Silvester mit Flammenfeder"

„Vorhang auf für Nikolaus, Weihnachten und Ferien"

„Bühne frei für Fasching und Halloween"

„Die Alpakas vom Nikolaus"

„Die Bettsocken vom Weihnachtsmann"

„Silvester und Weihnachtsmarkt geben sich die Ehre"

„Der Nikolaus und sein Alpaka auf Tournee"

„Applaus für Alpaka und Osterhase"

„Halloween, Drache und Alpaka im Scheinwerferlicht"

„Das Comeback des geheimnisvollen Alpakas"

„Weihnachten mit Alpaka, Lama und der schussligen Hexe"

„Geheimnisvolle Weihnachten mit Hexe, Drache und schüchterner Fee"

„Weihnachtszauber im magisch-chaotischen Hofcafé der Hexe"

**Bücher mit Texten von Carmen Neubohn:**

„Die zauberhaften Altbohns"

„Frisch gewagt"

„Gartenschau Magie"

„Weihnachten mit dem literarischen Kleeblatt"

„Herzlich willkommen Gartenschau"

„Weihnachten und Silvester mit Flammenfeder"

„Magische Reisen mit schussliger Hexe und schüchterner Fee"

„Weihnachtszauber im magisch-chaotischen Hofcafé der Hexe"

## Nachwort

Liebe Leser,

Sie sind nun an das Ende unseres kleinen Büchleins gekommen. Wir hoffen, Sie gut und abwechslungsreich unterhalten zu haben.

Falls Sie beim Lesen auf den Geschmack gekommen sind, so gibt es von uns viele weitere schöne Bücher zum selber Genießen oder als originelles Geschenk für andere. Etwa zu Ostern, Weihnachten und Geburtstagen.

Mit freundlichen Grüßen und hoffentlich bis bald!

Ihre Ralf und Carmen Neubohn